Chouette
t'aide à progresser !

4e
13-14 ANS

Allemand

Françoise Munoz

Hatier

Ton parcours de révision

Commence par faire le test pour te situer. Coche la case ☐ quand tu as révisé un chapitre.

Le Guide Chouette .... au centre du cahier

- **Tous les CORRIGÉS des exercices, avec des explications**
- **Des informations « spécial parents »**
- **Les scripts des podcasts audio**

À la fin du cahier

Pour t'entraîner à l'oral

- **Retrouve les RESSOURCES AUDIO signalées par 🎧 et téléchargeables sur www.editions-hatier.fr**

Des PODCASTS AUDIO pour t'entraîner en compréhension orale (voir le Guide Chouette p. 17)

- **Comment procéder ?**

Tape « Chouette Allemand 4e » et, dans la fiche article, clique sur « Ressources gratuites ».

Édition : Lorem Ipsum
Maquette : Frédéric Jély, Primo & Primo
Illustrations : Adrien Siroy, Joëlle Passeron
Mise en pages : Ici et ailleurs

Achevé d'imprimer en France par IPS à Pacy-sur-Eure
Dépôt légal n°08519-0/03 - Mars 2024

IMPRIM'VERT Votre imprimeur agit pour l'environnement
PAPIER À BASE DE FIBRES CERTIFIÉES
Hatier s'engage pour l'environnement en réduisant l'empreinte carbone de ses livres. Celle de cet exemplaire est de : 900 g éq. CO_2 Rendez-vous sur www.hatier-durable.fr

TEST

1. *Réponds aux questions du test.*
2. *Vérifie chaque réponse à l'aide du corrigé page 2 dans le livret détachable.*
3. *Si ta réponse n'est pas juste, entoure le n° du chapitre : il t'aidera à comprendre tes erreurs.*

LE GROUPE NOMINAL

CHAPITRE

1. Indique le genre du nom *der Tisch*.
☐ masculin ☐ neutre ☐ féminin

1 p. 6

2. Forme le féminin du nom suivant :
der Schüler → ....

1 p. 6

3. Indique le cas du groupe nominal en couleur.
Wie findest du die Jeans ?
☐ nominatif ☐ accusatif ☐ datif

2 p. 8

4. Au nominatif pluriel, quel article emploie-t-on ?
☐ der ☐ die ☐ das

3 p. 10

5. Indique le genre du groupe nominal en couleur.
Zum Geburtstag möchte er ein Skateboard.
☐ masculin
☐ neutre
☐ féminin

4 p. 12

6. Comment dirais-tu que tu ne manges pas de viande ?
Ich ....

5 p. 14

7. Que signifie le mot composé *der Brieffreund* ?
☐ la lettre d'un ami
☐ le correspondant

6 p. 16

8. Complète par le déterminant possessif qui convient.
Eva hat einen kleinen Bruder, ... Bruder ist aber blond.
Oliver sieht gut aus. Ich mag .... blauen Augen.

7 p. 18

9. Complète la phrase suivante avec un adjectif attribut de ton choix.
Meine Eltern sind ....

8 p. 20

10. Comment traduirais-tu la phrase suivante ?
Zum Frühstück esse ich lieber Müsli als Brot.
....

9 p. 22

11. Écris les nombres suivants en toutes lettres.
17 ....
66 ....

10 p. 24

12. Complète la phrase avec le pronom personnel qui convient.
Warte auf ....! Ich komme gleich.

11 p. 26

13. *Wann stehst du auf?* Que signifie cette question ?
....

12 p. 28

LE GROUPE VERBAL

CHAPITRE

14. ***Wie alt bist du?*** **Que signifie cette question ?** — 13 p. 30

....

15. Complète la phrase avec le pronom personnel qui convient. — 14 p. 32

Lest .... auch gern Mangas?

16. Donne l'infinitif du verbe utilisé dans la phrase qui suit. — 15 p. 34

Rufst du mich heute noch an?

Verbe à l'infinitif : ....

17. Complète avec le verbe de modalité qui convient. — 16 p. 36

Mutti, Vati, ... ich auf die Party gehen?

18. Complète la phrase avec le verbe ***können*** **au prétérit.** — 17 p. 38

Ich .... nicht kommen, denn ich war krank.

19. Coche dans la liste les participes passés des verbes faibles. — 18 p. 40

- ☐ **a.** gekauft
- ☐ **b.** mitgemacht
- ☐ **c.** geblieben
- ☐ **d.** telefoniert

20. Réécris la phrase en mettant le verbe au futur. — 19 p. 42

Nächstes Jahr machen die Schüler eine Klassenfahrt nach Frankfurt.

....

21. Dans la phrase qui suit, indique si le locuteur s'adresse à une ou plusieurs personnes. — 20 p. 44

Kommt bitte sofort!

☐ une personne ☐ plusieurs personnes

LA PHRASE

CHAPITRE

22. Réécris la phrase suivante en commençant par le groupe en couleur. — 21 p. 46

Das Kind wünscht sich zu Weihnachten ein Mountain-Bike.

....

23. Observe la réponse, puis complète avec le pronom interrogatif qui convient. — 22 p. 48

.... ist das? – Mein Bruder.

24. Complète avec la préposition qui convient. — 23 p. 50

Was kann man .... Berlin sehen?

25. Complète avec la préposition qui convient. — 24 p. 52

Fahren Sie in den Ferien wieder .... Berlin?

26. Que signifie l'expression ***morgen früh*** **?** — 25 p. 54

....

27. Complète avec la préposition qui convient. — 26 p. 56

Mozart wurde .... 27. Januar 1756 in Salzburg geboren.

28. Dans la phrase suivante, choisis la conjonction qui convient. — 27 p. 58

Ich weiß nicht, ☐ ob ☐ dass er kommt.

1 Le GN : généralités

Définition du groupe nominal

- Le **déterminant** et le **nom** forment le groupe nominal. Ce groupe peut être élargi et comprendre un **adjectif** épithète qui est toujours placé devant le nom.

  das Kind : l'enfant *das nette Kind* : l'enfant gentil

- Souviens-toi : les noms communs en allemand prennent toujours une **majuscule initiale.**

★★ 1 Dans les phrases suivantes, souligne les groupes nominaux et traduis-les.

1. Wie viel kostet der Volleyball? ....
2. Das Kind kommt allein. ....
3. Meine Eltern sind nicht da. ....
4. Wie heißt die kleine Katze? ....
5. Der blaue Rock ist schön. ....

SCORE ..../10

COUP DE POUCE
Vérifie que tu as bien relevé cinq groupes nominaux, dont deux qui contiennent un adjectif épithète.

Les trois genres

- L'allemand distingue **trois genres** : le masculin, le féminin et le neutre. L'article défini singulier (*der, die, das*) porte la marque du genre.

  der *Kaffee* (masculin) ***die*** *Schokolade* (féminin) ***das*** *Eis* (neutre)

- Attention, les noms allemands n'ont pas toujours le même genre que leur équivalent français. Il faut apprendre le nom avec son article défini.

  der *Kaffee* : **le** café ***die*** *Schokolade* : **le** chocolat ***das*** *Eis* : **la** glace

- Les noms désignant des êtres humains sont masculins ou féminins selon leur sexe.

  der *Mann* : l'homme ***die*** *Frau* : la femme
  der *Vater* : le père ***die*** *Mutter* : la mère
  mais ***das*** *Baby* : le bébé ***das*** *Mädchen* : la jeune fille

★ 2 Complète avec un article défini ces noms empruntés à d'autres langues.

.... Hamburger	.... Foto	.... T-Shirt
.... Restaurant	.... Handy	.... Skateboard
.... Party	.... Computer	.... CD

SCORE ..../9

COUP DE POUCE
N'hésite pas à utiliser un dictionnaire. Vérifie que tu as trouvé cinq noms neutres, deux masculins et deux féminins.

3 Indique le genre et le sens des noms figurant sur l'arbre généalogique de Claudia.

SCORE ..../10

> **INFO**
> • Les noms désignant des membres masculins de la famille (*der Großvater, der Vater, der Onkel, der Bruder, der Cousin*) sont masculins.
> • Ceux désignant des membres féminins (*die Großmutter, die Mutter, die Tante, die Schwester, die Cousine*) sont féminins.

Les noms féminins en *-in*

- On forme le féminin des noms désignant un statut ou une activité en ajoutant le suffixe *-in* au nom masculin.

  der Schüler : l'élève (garçon) → *die Schüler**in*** : l'élève (fille)

4 Forme le féminin des noms suivants.

1. der Freund → d...... Freund.......
2. der Direktor → d...... Direktor.......
3. der Mathelehrer → d...... Mathelehrer.......
4. der Student → d...... Student.......
5. der Balletttänzer → d...... Balletttänzer.......
6. der Berliner → d...... Berliner.......
7. der Steward → d...... Steward.......

SCORE ..../7

> **INFO**
> • *der Lehrer*: l'enseignant
> • *der Tänzer*: le danseur

> **ATTENTION**
> Pour l'un des noms, tu dois ajouter le suffixe *-ess*.

Corrigés p. 2

TOTAL ..../ 36

2 Le GN défini au singulier

Au nominatif et à l'accusatif

L'allemand distingue quatre cas : nominatif, accusatif, datif, génitif. Chacun correspond à une fonction précise du groupe nominal dans la phrase. Dans le groupe nominal défini au singulier, le cas est marqué par l'article défini.

- **GN au nominatif (fonction sujet ou attribut du sujet)**

Masculin	***Der** Rock ist billig.* La jupe est bon marché.
Féminin	***Die** Hose ist billig.* Le pantalon est bon marché.
Neutre	***Das** Hemd ist billig.* La chemise est bon marché.

- **GN à l'accusatif (fonction COD)**

Masculin	*Claudia kauft **den** Rock.* Claudia achète la jupe.
Féminin	*Heiko kauft **die** Hose.* Heiko achète le pantalon.
Neutre	*Peter kauft **das** Hemd.* Peter achète la chemise.

- Attention, on trouve également des GN à l'accusatif **après certaines prépositions**.

  *Lernst du **für den Mathetest**?* Révises-tu pour le test de maths ?

★ 1 Indique dans les parenthèses si le groupe nominal est au nominatif (N) ou à l'accusatif (A).

1. Der Schüler (.........) lernt für das Abitur (.........).
2. Paul stellt das Abendbrot (.........) auf den Tisch (.........).
3. Ich danke dir für die tolle DVD (.........).
4. Kennst du den Mann (.........) da drüben?
5. Der neue Comic (.........) von Asterix ist noch nicht da.

SCORE ..../7

COUP DE POUCE
Vérifie que tu as relevé cinq groupes nominaux à l'accusatif.

★★ 2 L'achat d'un vêtement n'est pas toujours facile ! Lis le dialogue ci-dessous entre un père et sa fille et complète le GN avec la marque du nominatif ou de l'accusatif.

DIE TOCHTER. – Wie findest du d...... Hose (*f.*)?

DER VATER. – Zu eng! Magst du d...... Rock (*m.*) da?

DIE TOCHTER. – D...... Rock ist schrecklich! Wie gefällt dir d...... T-Shirt (*n.*) zu 50 Euro?

DER VATER. – D...... T-Shirt zu 50 Euro?! Du spinnst!! Es ist viel zu teuer!

SCORE ..../5

COUP DE POUCE
Le genre des noms est donné entre parenthèses (*m.* pour masculin, *f.* pour féminin, *n.* pour neutre).

Au datif

- Les verbes ayant un sens attributif comme *geben* (donner), *schenken* (offrir), *schicken* (envoyer), etc. se construisent avec deux compléments d'objet, l'un à l'accusatif qui désigne l'objet attribué, l'autre au datif qui **désigne le destinataire**.

Masculin	*Der Lehrer gibt* ***dem*** *Schüler* (datif) *eine gute Note* (accusatif).
	Le professeur donne une bonne note à l'élève.
Féminin	*Er gibt* ***der*** *Schülerin eine gute Note*.
	Il donne une bonne note à l'élève.
Neutre	*Er gibt* ***dem*** *Kind ein Buch*.
	Il donne un livre à l'enfant.

- Retiens qu'on emploie également le datif après des verbes comme *danken* (remercier), *helfen* (aider), *gehören* (appartenir à), *gefallen* (plaire à), ainsi qu'**après certaines prépositions.**

Das Buch ***gehört der*** *Schülerin*. Le livre appartient à l'élève.
Sie kommt ***aus der*** *Schule*. Elle rentre de l'école.

3 **Complète par la marque du datif. Le genre du nom est indiqué entre parenthèses.**

1. Kommt Fabian zu Fuß oder mit d...... Bus (*m.*) zur Schule?
2. Wann geben Sie d...... Französischkurs (*m.*) die Klassenarbeit zurück, Frau Walter?
3. Was meinst du: Soll ich d...... Brieffreundin (*f.*) ein Paket schicken?
4. Wir können d...... Mutter (*f.*) beim Einkaufen helfen.
5. Benjamin dankt d...... Freund (*m.*) für seine Hilfe.
6. Hast du d...... Hund (*m.*) zu fressen gegeben?
7. Das Mofa gehört d...... Briefträgerin (*f.*).
8. Kannst du d...... Kind (*n.*) helfen, über die Straße zu gehen?

SCORE ..../8

INFO
- *zurückgeben:* rendre
- *der Französischkurs:* les élèves du cours de français
- *meinen:* penser
- *einkaufen:* faire des courses

4 **Complète ce tableau du groupe nominal défini au singulier.**

	Masculin	Féminin	Neutre
Nominatif	d......... Freund	d......... Freundin	d......... Kind
Accusatif	d......... Freund	d......... Freundin	d......... Kind
Datif	d......... Freund	d......... Freundin	d......... Kind

SCORE ..../9

ATTENTION
N'oublie pas : il n'y a de différence de marque entre nominatif et accusatif que pour les noms masculins.

Corrigés p. 3

TOTAL ..../ 29

LE GROUPE NOMINAL

3 Le GN défini au pluriel

Au nominatif et à l'accusatif

- Au nominatif et à l'accusatif, l'article défini pluriel est ***die*** pour les trois genres.

	Singulier	Pluriel
Masculin	***der*** *Roman*	***die*** *Romane*
Féminin	***die*** *CD*	***die*** *CDs*
Neutre	***das*** *Buch*	***die*** *Bücher*

Nominatif : *Wie viel kosten* ***die CDs****?* Combien coûtent les CD ?
Accusatif : *Peter kauft* ***die*** *billigsten* ***CDs****.* Peter achète les CD les moins chers.

- **Attention**, les marques du pluriel sur le nom sont très variées ; c'est pourquoi il faut apprendre le nom avec son genre et son pluriel.

1 ★ **À l'aide du lexique, écris les groupes nominaux suivants au pluriel.**

1. das Kind: ....
2. die Schwester: ....
3. der Computer: ....
4. die Schülerin: ....
5. das Jahr: ....
6. das Fahrrad: ....
7. die Woche: ....
8. der Wagen: ....

SCORE ..../8

ATTENTION
Le pluriel des noms est variable. Toutefois la marque pour le neutre est soit *-(¨)er* soit *-e*.

2 ★★ **Tu veux mettre la table mais tu ne sais pas où se trouvent les couverts. Dans le dialogue ci-dessous, complète les GN au pluriel.**

– Wo sind d....... Teller....?
– Hier.
– Und d....... Glas....?
– Im Schrank da links.
– Ich suche auch d....... Messer....
und d.......Gabel....
– In der Schublade hinter dir.
– Vergiss d....... Löffel.... nicht!

SCORE ..../5

COUP DE POUCE
Souviens-toi qu'au nominatif et à l'accusatif pluriel, on utilise l'article défini *die*.

3 ★★ **Complète les GN au pluriel, puis trouve le nom du lieu qui correspond :**
Italien – Frankfurt – Tunesien – Afrika – Salzburg.

1. Woher kommen d....... Banane....? Sie kommen aus ....
2. Woher kommen d....... Orange....? Sie kommen aus ....
3. Woher kommen d....... Wurst....? Sie kommen aus ....

INFO
Les noms désignant des villes et la plupart de ceux désignant des pays sont utilisés sans article : *Deutschland, Frankreich...*

4. Woher kommen d....... Mozartkugel...? Sie kommen aus ....

5. Woher kommen d....... Spaghetti...? Sie kommen aus ....

SCORE ..../10

Au datif

- Au datif, l'article défini pluriel est ***den*** aux trois genres.

  *Die Krankenschwester gibt **den** Kindern, **den** Frauen und **den** Männern Wasser.*
  L'infirmière donne de l'eau aux enfants, aux femmes, et aux hommes.

- **Attention**, il faut ajouter également la marque *-(e)n* au nom, sauf si celui-ci se termine déjà par *-n*.

  *Die Austauschschüler geben den Franzos**en** Geschenke.*
  Les élèves de l'échange linguistique offrent des cadeaux aux Français.

4 Complète les GN au datif pluriel.

1. Die Band Rammstein gefällt besonders d....... Jung.... .
2. Schenken auch die Kinder d....... Eltern etwas zu Weihnachten?
3. Organisieren die Schüler die Schulfeier mit d....... Lehrer.... zusammen?
4. Der Junge dort war auch auf der Grill-Party bei d....... Nachbar.... .
5. Das weiße Kleid mit d....... schwarzen Streifen.... gefällt mir sehr.
6. Woher kommt der neue Schüler? Aus d....... USA.

SCORE ..../6

COUP DE POUCE
Les prépositions *aus, bei, mit* sont toujours suivies du datif.

5 Complète les GN au pluriel dans les phrases suivantes.

1. Wo soll ich d....... Brötchen.... kaufen?
2. D....... Kind....... bekommen zu Weihnachten viele Geschenke von d....... Eltern.
3. D....... neuen Nachbar.... sind nett.
4. Claudia findet d....... Foto.... wirklich schön.
5. Elsa hat seit d....... letzten Ferien nicht mehr deutsch gesprochen.
6. Für wen ist das Wörterbuch? Für d....... Freund.... aus Österreich.

SCORE ..../7

COUP DE POUCE
La préposition *für* est suivie de l'accusatif ; les prépositions *von* et *seit*, du datif.

6 Complète le tableau du groupe nominal défini.

	Masculin	Féminin	Neutre	Pluriel
Nominatif	d....... Mann	d....... Frau	d....... Kind	d....... Kind....
Accusatif	d....... Mann	d....... Frau	d....... Kind	d....... Kind....
Datif	d....... Mann	d....... Frau	d....... Kind	d....... Kind....

SCORE ..../12

ATTENTION
À l'accusatif singulier, seul le masculin change de marque.
La marque du datif masculin et neutre singulier est *-em*.

Corrigés p. 3 et 4

TOTAL .... / 48

LE GROUPE NOMINAL

4 Le GN indéfini

Au nominatif et à l'accusatif

Au nominatif

Masculin	*Ein Hamburger kostet 5,- €.* Un hamburger coûte 5 euros.
Féminin	*Eine Pizza kostet 8,- €.* Une pizza coûte 8 euros.
Neutre	*Ein Eis kostet 1,- €.* Une glace coûte 1 euro.

À l'accusatif

Masculin	*Monika kauft **einen** Hamburger.* Monika achète un hamburger.
Féminin	*Jan-Peter kauft **eine** Pizza.* Jan-Peter achète une pizza.
Neutre	*Sabine kauft **ein** Eis.* Sabine achète une glace.

1 **Selon le genre et le cas du nom (nominatif ou accusatif), complète par la marque qui convient. Si nécessaire, vérifie le genre du nom dans le lexique.**

1. Was kostet ein..... Videospiel?
2. Das ist ein..... Freund aus Deutschland.
3. Wo kann man ein..... DVD ausleihen?
4. Hast du dir ein..... Mountain-Bike gekauft?
5. Heute Nachmittag trifft Klaus ein..... Schülerin der 10. Klasse.

SCORE ..../5

COUP DE POUCE
Tu utiliseras trois fois *ein* et deux fois *eine*.

2 **Tu pars sur une île déserte. Qu'emportes-tu ? Choisis cinq objets. Vérifie le genre des noms dans le lexique.**

Auf die Insel nehme ich ....

....

.... mit.

SCORE ..../5

COUP DE POUCE
Pour réussir l'exercice, vérifie le genre des noms dans le lexique. Voici deux noms en plus :
- *das Messer:* le couteau,
- *die Gabel:* la fourchette.

Au datif

• Masculin	*Der Busfahrer gibt **einem** Fahrgast eine Auskunft.* Le conducteur donne un renseignement à un passager.
• Féminin	*Herr Wegner gibt **einer** Nachbarin die Hand.* M. Wegner donne la main (dit bonjour) à une voisine.
• Neutre	*Laura schenkt ihren Strohhalm **einem** Kind.* Laura donne sa paille à un enfant.

3 Complète par la marque qui convient.

1. Claudia passt bei ein....... Nachbarin auf die Kinder auf.
2. Peter hilft ein....... alten Dame beim Aussteigen.
3. Wohnst du auch in ein....... Hochhaus?
4. Mein Bruder ist mit ein....... echt netten Mädchen befreundet.

SCORE ..../4

COUP DE POUCE
Souviens-toi qu'en allemand, le verbe *helfen* est suivi d'un complément au datif.

Le groupe nominal indéfini au pluriel

- En allemand, il n'existe pas d'article indéfini au pluriel.

Singulier *Sie lesen **ein Buch**.* Ils lisent un livre.
Pluriel *Sie lesen **Bücher**.* Ils lisent des livres.

- Au datif pluriel, le nom prend la marque *-(e)n*.

*Heute abend sind meine Eltern bei Freunde**n**.*
Ce soir, mes parents sont chez des amis.

4 Rédige la liste des choses dont Birgit a besoin pour faire une fête. Vérifie le pluriel des noms dans le lexique si nécessaire.

der Pappteller – der Plastikbecher – die Kerze – die Gabel – die CD – die Blume zum Dekorieren – das Getränk – der Kuchen – die Serviette

Für die Party brauche ich noch ....

....

SCORE ..../9

COUP DE POUCE
Birgit a besoin de tous ces éléments, mais elle ne sait pas encore en quelle quantité.

5 Mets le groupe nominal indéfini entre parenthèses au pluriel.

1. Christian kommt mit (einem Freund) .... auf die Party.
2. Diese weite Hose passt nicht zu (einem gestreiften T-Shirt) ....
3. An (einem Regentag) .... bleibe ich lieber zu Hause.
4. Sonntags spielen sie mit der Playstation bei (einer Freundin) ....
5. Der neue Schüler fehlt schon seit (einem Monat) ....

SCORE ..../5

ATTENTION
On n'ajoute pas la marque du datif pluriel *-(e)n* aux noms terminés déjà par un *-n*.

6 Complète le tableau du groupe nominal indéfini.

	Masculin	Féminin	Neutre	Pluriel
Nominatif	.... Bleistift	.... Schere	.... Lineal	.... Stifte
Accusatif	.... Bleistift	.... Schere	.... Lineal	.... Stifte
Datif	.... Bleistift	.... Schere	.... Lineal	.... Stiften

SCORE ..../12

ATTENTION
Souviens-toi qu'il n'y a pas d'article indéfini pluriel, seul le nom porte les marques du pluriel.

Corrigés p. 4

TOTAL ..../ 40

5 Les noms indénombrables – *kein*

Les indénombrables

- Certains noms peuvent être indénombrables. Ils désignent ce que l'on ne peut pas compter (dénombrer), ce qui forme un tout.
  Ces noms **ne peuvent pas se mettre au pluriel**.
- Quand, en français, on utilise l'article partitif français *du*, *de la* devant ces noms, on n'emploie **pas de déterminant** en allemand.

Masculin	*Ich möchte **Käse***. Je voudrais du fromage.
Féminin	*Ich habe **Zeit***. J'ai du temps.
Neutre	*Ich habe **Geld***. J'ai de l'argent.

★ 1 Un petit déjeuner allemand. Indique dans les crochets si le nom est dénombrable (d) ou indénombrable (i).

COUP DE POUCE
Demande-toi si le nom désigne des choses que tu pourrais compter.

1. Zum Frühstück bekamen wir ein Glas [.....] Orangensaft [.....].
2. Dann hatten wir die Wahl zwischen (*le choix entre*) Kaffee [.....], Tee [.....] oder Kakao [.....].
3. Es gab Wurst [.....] igitt, igitt!, Käse [.....] oder Müsli [.....] mit Milch [.....] lecker!
4. Das Brot [.....] war Klasse! Es gab Brötchen [.....], Brot [.....] mit Mohn (*pavot*) [.....] oder mit Sesam [.....].
5. Die Gastfamilie (*famille d'accueil*) gab mir einen Müsliriegel [.....], deshalb hatte ich am Vormittag nie Hunger [.....].

SCORE ..../16

★★ 2 Ton correspondant souhaite préparer un gâteau « Heidesand » et s'assure que tu as tous les ingrédients. Complète par des articles définis ou indéfinis si nécessaire.

INFO
* EL = der Esslöffel: la cuillère à soupe
* TL = der Teelöffel: la petite cuillère

Heidesandkuchen:

- *250 g Butter*
- *200g Zucker*
- *1 Päckchen Vanillezucker*
- *Salz*
- *2-3 EL* Milch*
- *375g Mehl*
- *1 TL* Backpulver*

1. – Hast du .... Butter? – Ja, im Kühlschrank!
2. – Hast du .... Zucker? – Natürlich!
3. – Und .... Vanillezucker? – Moment! Ich schaue nach.
4. – Ich brauche auch noch .... Mehl, ... Backpulver und .... Milch.
5. – .... Milch ist im Kühlschrank, ... Mehl findest du im Schrank.

SCORE ..../8

3 **Complète les phrases suivantes par un article indéfini si nécessaire. Vérifie le genre du nom dans le lexique.**

1. Ich möchte .... DVD kaufen.
2. Kannst du mir .... Geld borgen?
3. Hast du .... Hunger?
4. Ja, ich möchte .... Stück Hamburger.
5. Möchtest du .... Musik hören?
6. Ich habe .... Smartphone.
7. Wir wollen ins Kino gehen. Hast du .... Zeit?
8. Ich will zum Getränkautomaten (*distributeur de boissons*), hast du ....

Kleingeld?

SCORE ..../8

COUP DE POUCE
Tu dois trouver cinq noms indénombrables.

INFO
Le genre de *Smartphone* est neutre.

L'utilisation de *kein*

Au singulier
Pour nier un nom indénombrable ainsi que le groupe nominal indéfini au singulier, on utilise l'article négatif ***kein***, qui a les mêmes marques que l'article indéfini ***ein***.

*Kauft Heiko **ein Hemd**?* Heiko achète-t-il une chemise ?
*Nein, er kauft **kein Hemd**.* Non, il n'achète pas de chemise.

Au pluriel
L'article négatif est ***keine*** au nominatif et à l'accusatif, ***keinen*** au datif.

*Ich habe **keine Blumen** gefunden.* Je n'ai pas trouvé de fleurs.

4 **Stefan est végétarien. Sélectionne dans la liste les aliments qu'il mange et ceux qu'il ne mange pas et complète les phrases avec l'article Ø ou *kein* à la forme qui convient.**

Obst (*n.*) – Fleisch (*n.*) – Gemüse (*n.*) – Brot (*n.*) – Salami (*f.*) – Kartoffelsalat (*m.*) – Wurst (*f.*) – Müsli (*n.*) – Schinken (*m.*) – Gans (*f.*) – Kuchen (*m.*) – Innereien (*pl.*)*

1. Stefan isst ....
2. Stefan isst kein ....

SCORE ..../12

INFO
Innereien (des abats) ne s'utilise qu'au pluriel.

5 **Complète le tableau suivant en t'aidant du tableau sur l'article indéfini.**

	Masculin	Féminin	Neutre
Nominatif	kein...... Käse	kein...... Milch	kein...... Hemd
Accusatif	....	....	....
Datif	....	....	....

Score ..../9

Corrigés p. 4 et 5

Plus d'exercices sur www.hatier-entrainement.com

TOTAL ..../ 53

6 Noms et adjectifs : formation

La formation des noms

- L'allemand permet de former des noms composés. Dans un nom composé, c'est le dernier élément qui détermine le genre. C'est lui qui se met au pluriel.

der Bus + ***der Fahrer***	→	***der** Bus**fahrer*** : le conducteur de bus
die Busse + ***die Fahrer***	→	***die** Bus**fahrer*** : les conducteurs de bus
die Schule + ***das Buch***	→	***das** Schul**buch*** : le manuel
die Schulen + ***die Bücher***	→	***die** Schul**bücher*** : les manuels

1 Aide-toi des dessins pour retrouver les huit noms composés. Pour chacun, choisis un mot par boîte.

der Zahn – der Schnee – der Bus – der Regen – das Geld – der Fußball – der Brief – die Mathematik

die Pasta – der Mann – die Haltestelle – der Schirm – der Schein – der Platz – die Freundin – die Lehrerin

1. .... 5. ....
2. .... 6. ....
3. .... 7. ....
4. .... 8. ....

SCORE ..../8

ATTENTION
Dans un des mots composés, il faut changer un e final en *a*.

2 Indique l'article des noms composés suivants et traduis-les.

1. .... Schulbus: ....
2. .... Schneeball: ....
3. .... Sonnenschirm: ....
4. .... Taschengeld (die Tasche: *la poche*): ....

COUP DE POUCE
Tu dois d'abord traduire la base à droite, puis l'élément à gauche.

5. .... Sonnenbrille (die Brille: *les lunettes*): ....

6. .... Zahnbürste (die Bürste: *la brosse*): ....

7. .... Reisetasche (die Reise: *le voyage*): ....

SCORE ..../7

3 **À partir des noms suivants, forme les noms composés demandés.**

der Kalender: *le calendrier* – der Termin: *le rendez-vous* – der Liebling: *le préféré* – das Handy: *le portable* – die Sängerin: *la chanteuse* – die Nummer: *le numéro* – die Geburt: *la naissance* – das Datum: *la date*

1. le numéro de portable : ....
2. l'agenda : ....
3. la date de naissance : ....
4. la chanteuse préférée : ....

SCORE ..../4

COUP DE POUCE

Pour une prononciation aisée, tu dois, à deux reprises, intercaler un *-s* entre les deux mots.

La formation des adjectifs

- On peut former des adjectifs en ajoutant à un nom l'un des suffixes suivants :

– ***lich***	*das Glück*: le bonheur	→	*glücklich*: heureux
– ***ig***	*die Langeweile*: l'ennui	→	*langweilig*: ennuyeux
– ***isch***	*Italien*: l'Italie	→	*italienisch*: italien

4 **Forme des adjectifs avec le suffixe *-lich* à partir des noms suivants et traduis-les.**

1. der Freund → ....
2. der Sport → ....
3. das Herz → ....
4. der Ärger → ....
5. der Punkt → ....

SCORE ..../10

ATTENTION

Le dernier adjectif prend une inflexion comme pour *die Natur* → *natürlich*

5 **Emma, qui n'était pas à la fête, discute avec Max. Lis le dialogue et complète-le avec les adjectifs suivants.**

langweilig – romantisch – neugierig – ängstlich

EMMA – Wie war's auf der Party? Habt ihr euch amüsiert?

MAX – Nö, es war total ....

EMMA – War Simon auch da? Hat er mit Luisa getanzt?

MAX – Sei nicht so ....!

EMMA– Aber er gefällt mir. Er ist so ....!

MAX– Ja, aber dafür ist er ein bisschen .... Er traut sich nichts. (*Il n'ose rien.*)

SCORE ..../4

INFO

Le suffixe -ig se prononce ich.

Corrigés p. 5

TOTAL .... / 33

7 L'expression de la possession

Les déterminants possessifs

- Les déterminants possessifs prennent les mêmes marques que *ein* et *kein*. Leur terminaison dépend du genre et de la fonction du nom (nominatif…) qu'ils déterminent.

ich → ***mein / meine***	wir → ***unser / unsere***
du → ***dein / deine***	ihr → ***euer / eure***
er / es → ***sein / seine***	sie → ***ihr / ihre***
sie → ***ihr / ihre***	Sie → ***Ihr / Ihre***

- Attention : à la **troisième personne du singulier**, le choix du déterminant possessif dépend du genre du possesseur. On emploie :
  – ***sein / seine*** lorsque le possesseur est masculin ou neutre ;
  – ***ihr / ihre*** lorsque le possesseur est féminin.

  *Er sieht gut aus. Ich mag **seine** blauen Augen.* Il est beau. J'aime ses yeux bleus.
  *Pia sieht gut aus. Ich mag **ihre** blauen Augen.* Pia est belle. J'aime ses yeux bleus.

- Lorsque le déterminant possessif ***euer*** prend la terminaison *-e*, son radical devient ***eur-***.

  ***Euer** Freund ist nett.* Votre ami est gentil.
  ***Eure** Freunde sind nett.* Vos amis sont gentils.

★ 1 Complète le tableau suivant.

	Masculin	Féminin	Neutre	Pluriel
Nominatif	mein....... Vater	mein....... Mutter	mein....... Kind	mein....... Eltern
Accusatif	mein....... Vater	mein....... Mutter	mein....... Kind	mein....... Eltern
Datif	mein....... Vater	mein....... Mutter	mein....... Kind	mein....... Eltern

ATTENTION
Seul le déterminant masculin change de marque à l'accusatif.

SCORE ..../12

★★ 2 Nabil fait la connaissance d'un Allemand en Tunisie. Complète à l'aide du déterminant possessif correspondant.

TOM. – Hallo! .... Name ist Tom.

NABIL. – Ich heiße Nabil.

TOM. – Ist das .... Freundin?

NABIL. – Nein, das ist .... Schwester.

LENA. – Hallo! Ich bin Lena.

TOM. – Was macht ihr denn hier?

NABIL UND LENA. – .... Eltern haben ein Segelboot.

TOM. – Wow! Ich bin noch nie gesegelt.

NABIL UND LENA. – Kein Problem! Wir fragen .... Vater.

SCORE ..../5

COUP DE POUCE
Pour choisir le bon déterminant, interroge-toi sur le genre du possesseur, puis, pour mettre la bonne marque, sur la fonction de l'objet possédé dans la phrase : nominatif ou accusatif.

3 Selon la situation, emploie le déterminant possessif qui convient.

1. *Erster Schultag. Eva und Ute sind in derselben Klasse.*

EVA UND UTE. – Wie heißt .... Chemielehrer? Und .... Deutschlehrerin?

2. *Am Strand*. – Ist das .... Ball ? – Nein das ist .... Ball.

3. DER PARKWÄCHTER. – Sind das .... Kinder?

4. *Auf der Straße*. – Ist das .... Freund? – Nein, das ist .... Bruder.

5. – Ist das .... Motorrad? – Ja, wieso?

6. *Zu Hause*. Johannes und Moritz freuen sich. .... Eltern sind nicht da.

SCORE ..../9

ATTENTION
Le déterminant possessif *ihr* peut renvoyer à un possesseur féminin comme à plusieurs possesseurs.

Le génitif saxon

- Il permet d'exprimer l'**appartenance** d'un objet à une personne. Le **nom propre** prend alors un *-s* et occupe la place du déterminant.

  *Pia hat ein Auto. Das ist Pia**s** Auto.*
  Pia a une voiture. C'est la voiture de Pia.

- Si le nom propre se termine par un *-s*, on se contente d'y ajouter une **apostrophe** pour marquer le génitif.

  Klaus hat ein Fahrrad. Das ist Klaus' Fahrrad.
  Klaus a une bicyclette. C'est la bicyclette de Klaus.

4 À qui appartiennent ces affaires ? Complète par un génitif saxon.

die Tasche / Till – das Skateboard / Lena – die Kappe / Oliver – das blaue T-Shirt / Evangelos

1. Lena, ist das deine Tasche? Nein, das ist ....

2. Oliver, ist das dein Skateboard? Nein, das ist ....

3. Evangelos, ist das deine Kappe? Nein, das ist ....

4. Till, ist das dein T-Shirt? Nein, das ist ....

SCORE ..../4

COUP DE POUCE
Pour les noms propres qui se terminent déjà par un -s, on se contente d'ajouter une apostrophe.

Corrigés p. 6

TOTAL ..../ 30

8 L'adjectif qualificatif

L'adjectif attribut et l'adjectif épithète

- L'adjectif qualificatif est **invariable** quand il est **attribut**, c'est-à-dire employé avec le verbe *sein* (être) et les verbes d'état *werden* (devenir) ou *bleiben* (rester).

  *Der Krimi **ist interessant.*** Le roman policier est intéressant.
  *Das Mädchen **wird rot**.* La fille rougit.
  *Die Kinder **bleiben ruhig**.* Les enfants restent tranquilles.

- L'adjectif qualificatif porte toujours une **marque** quand il est **épithète**. Dans ce cas, il se place avant le nom.

  *ein interessant**er** Krimi*, un roman policier intéressant
  das freche Kind, l'enfant insolent

1 **Entoure les numéros des phrases dans lesquelles l'adjectif est épithète.**

1. Deine Schwester ist wirklich nett. • **2.** Der blonde Junge heißt Klaus. • **3.** Wo wohnen eure deutschen Freunde? • **4.** Ich war gestern krank. • **5.** Der Vater kommt, die Kinder werden ruhig. • **6.** Sie haben aber nette Kinder! • **7.** Sein neuer Mercedes war bestimmt teuer.

SCORE .... /4

INFO
L'adjectif épithète est toujours placé devant le nom qu'il détermine.

Les marques de l'adjectif épithète

- Lorsque le déterminant est **l'article défini** (*der*, *die*, *das*) ou un déterminant du type *dieser*, *jeder*, *welcher*, l'adjectif épithète porte la marque ***-e*** aux genres et aux cas suivants :

	Masculin	Féminin	Neutre
Nominatif	-e	-e	-e
Accusatif		-e	-e

  Partout ailleurs, il prend la marque *-en*.

- Lorsque le déterminant est **l'article indéfini** (*ein*, *eine*, *ein*), l'article négatif (*kein*, *keine*, *kein*) ou le possessif (*mein*, *dein*, *sein*...), l'adjectif épithète porte alors les marques suivantes aux genres et aux cas suivants :

	Masculin	Féminin	Neutre
Nominatif	-(e)r	-e	-(e)s
Accusatif		-e	-(e)s

  Partout ailleurs, l'adjectif prend la marque *-en*.

- Lorsqu'il n'y a pas de déterminant, l'adjectif porte alors la marque correspondant au genre, au nombre et au cas du nom.

  Liebe Eltern! Chers parents ! (nominatif pluriel : *die Eltern*, les parents)

2 Complète par la marque de l'adjectif qui convient.

1. – Hast du die neu........ Freundin von Lutz gesehen?
2. – Die mit dem weiß........ Top?
3. – Ja, und den golden........ Plateau-Sandalen.
4. – Sie hat immer brandneu........ Klamotten an.
5. – Sie hat auch das tollst........ Handy von der Schule.
6. – Ich frage mich nur, wie sie sich die teuerst........ Sachen leisten kann!

SCORE ..../6

3 Qui suis-je ? Complète et devine de quel personnage il s'agit.

1. Ich bin eine alt........ Frau. Ich wohne in einem komisch........ Haus aus Lebkuchen. Ich bin ....
2. Ich habe ein rot........ Käppchen und trage einen rot........ Mantel. Ich bin ....
3. Ich habe lang........, blond........ Haare, sitze auf einem steil......... Felsen am Rhein und singe wunderschön........ Lieder. Ich heiße ....
4. Ich habe einen sehr reich........ aber geizig........ Onkel, der Dagobert heißt. Ich bin ....

Les personnages à trouver sont : *Lorelei, die Hexe, Donald* et *Rotkäppchen*.

SCORE ..../14

4 Lutz écrit à son correspondant. Complète les adjectifs épithètes par la marque qui convient.

Lieb........ Patrick!

Wie geht's dir? Mir geht's prima! Wir haben hier seit Tagen schön........ Wetter und ich habe mich in ein sehr hübsch........ (*jolie*) Mädchen verliebt. Wir sind ganz........ Nachmittage im Schwimmbad und gehen abends ins Kino. Meine süß........ Freundin ist ein richtig........ Kinofreak (der Kinofreak: *un/e mordu/e de cinéma*), sie muss immer alle neu........ Filme sehen. Mir sind die Filme egal. Hauptsache, wir sind zusammen.

Schön........ Grüße an deine Eltern.

Bis bald, dein Lutz.

SCORE ..../8

ATTENTION
Souviens-toi : après *der, das, die* (féminin), l'adjectif porte la marque *-e*; après tous les autres déterminants il prend la marque *-en*.

COUP DE POUCE
Tu utiliseras six fois la marque *-en*.

INFO
Lorsque le déterminant est indéfini, l'adjectif épithète porte la marque du genre et du cas : *-er* au nominatif masculin.

COUP DE POUCE
Sans déterminant, c'est l'adjectif qui porte la marque correspondant au genre, au nombre et au cas du nom.

Corrigés p. 6

TOTAL ..../ 32

9 L'adjectif et l'adverbe : comparatif

Le comparatif de supériorité

- Pour former le comparatif de supériorité, on ajoute **le suffixe** *-er* à l'adjectif ou à l'adverbe.

  klein, petit → *klein**er***, plus petit *schnell*, rapide → *schnell**er***, plus rapide

- Certains adjectifs ou adverbes qui ne comprennent qu'une syllabe dont la voyelle est ***a***, ***o***, ou ***u*** prennent l'inflexion.

  groß, grand → ***größer***, plus grand *jung*, jeune → ***jünger***, plus jeune
  alt, âgé → ***älter***, plus âgé

- Certains adjectifs ou adverbes ont un comparatif de supériorité **irrégulier**.

  viel, beaucoup → ***mehr***, plus ***gern***, volontiers → ***lieber***, plus volontiers
  gut, bon → ***besser***, meilleur

- Les adjectifs ou adverbes qui se terminent par *-er* perdent le premier *-e* au comparatif de supériorité.

  teuer, cher → ***teurer***, plus cher

- Pour **introduire l'élément comparé**, on utilise la conjonction ***als***.

  *Claudia ist klein**er als** Peter.*
  Claudia est plus petite que Peter.

★ 1 Forme le comparatif de supériorité de l'adjectif ou de l'adverbe entre parenthèses.

1. Der Lehrer zu dem Schüler: – „Sprich bitte .... (laut)!"
2. Der Polizist zu dem Autofahrer: – „Fahren Sie .... (langsam)!"
3. Claudia zu ihrem Bruder: – „Sei bitte ein bisschen........................ (nett) zu mir!"
4. Die Eltern zu ihrem Kind: – „Du musst .... (fleißig) sein".
5. Die Eltern zu den Kindern: – „Seid bitte .... (ruhig)!"

SCORE ..../5

COUP DE POUCE
Phrases 1 et 2 : pense que le comparatif de supériorité des adverbes se forme comme celui des adjectifs.

★ 2 Complète les phrases suivantes par un comparatif de supériorité.

1. – Findest du den roten Schal schön? – Nein, für mich ist der Blaue viel ....
2. – Spielst du gern Fußball? – Ja, aber ich spiele noch .... Tennis.
3. – Ist die Jacke warm? – Ja, aber der Mantel ist noch ....
4. – War die CD teuer? – Ja, aber bei Karstadt ist sie noch viel ....
5. – Bist du früh aufgestanden? – Ja und morgen muss ich noch viel .... aufstehen.

SCORE ..../5

ATTENTION
N'oublie pas l'inflexion sur les voyelles *a*, *o*, *u* des adjectifs qui n'ont qu'une syllabe.

★★ 3 Exprime des comparaisons à l'aide des informations entre parenthèses.

1. Neymar (1992) .... Mbappé (1998 geboren). (alt)
2. Der Montblanc (4807 Meter) .... die Zugspitze (2963 Meter). (hoch)

COUP DE POUCE
Les adjectifs terminés par *-er* perdent le premier *-e* au comparatif de supériorité.

3. Das Motorrad .... der Moterroller. (schnell)

4. Deutschland .... Frankreich. (klein)

SCORE ..../4

Le comparatif d'égalité et le comparatif d'infériorité

- Le **comparatif d'égalité** se forme à l'aide de ***so*** ou de ***genauso*** placé devant l'adjectif ou l'adverbe. La conjonction ***wie*** introduit l'élément comparé.

  *Ein Glas Cola kostet **(genau)so viel wie** ein Glas Limonade.*
  Un verre de Coca-Cola coûte autant qu'un verre de limonade.

- Le **comparatif d'infériorité** se forme à l'aide de la négation ***nicht*** placée devant le comparatif d'égalité.

  *Ein Trabant fährt **nicht so schnell wie** ein Mercedes.*
  Une Trabant roule moins vite (pas aussi vite) qu'une Mercedes.

4 Complète en utilisant un comparatif d'égalité.

1. – Spielt ihr gern Fußball? Und Tennis? – Wir spielen ....

2. – Ist der Mathelehrer nett? Und die Französischlehrerin?

– Der Mathelehrer ist ....

3. – Ist das Handy teuer? Und das Tablet? – Das Handy ist ....

4. – Schmeckt dir die Sachertorte gut? Und der Käsekuchen?

– Die Sachertorte schmeckt mir ....

5. – War das Wetter in Deutschland schön? Und in Frankreich?

– Das Wetter war in Deutschland ....

SCORE ..../5

COUP DE POUCE
Les éléments comparés ont la même fonction dans la phrase et sont donc au même cas.
Ich bin genauso groß wie du.

5 Complète en utilisant un comparatif d'infériorité.

1. Claudia ist 12 Jahre alt. Ihr Bruder ist 15. Also ist Claudia ....

2. Barbara ist 1,65 m groß. Ihre Freundin ist 1,70 m groß.

Also ist Barbara ....

3. Peter steht heute um 6 Uhr auf. Birgit steht erst um 8 Uhr auf.

Also steht Birgit ....

4. Jürgens Mountain-Bike fährt schnell. Barbara hat nur ein altes Fahrrad.

Barbaras altes Fahrrad fährt ....

5. Die Sommerferien in Frankreich sind sehr lang, sie dauern acht Wochen. In Deutschland dauern sie nur sechs Wochen. Die Sommerferien in Deutschland dauern

....

SCORE ..../5

COUP DE POUCE
Dans la phrase 3, tu utiliseras l'adverbe *früh* qui se comporte comme un adjectif

Corrigés p. 7

TOTAL ..../ 24

10 Les quantificateurs

Les quantificateurs numériques

Leur formation

- De 0 à 12
  null – eins – zwei – drei – vier – fünf – sechs – sieben – acht – neun – zehn – elf – zwölf
- De 13 à 19 : « chiffre des unités + *zehn* »
  *drei**zehn** – vier**zehn** – fünf**zehn** – sech**zehn** – sieb**zehn** – acht**zehn** – neun**zehn***
- De 20 à 99 : « nombres de dizaines + suffixe *-zig* »
  *zwan**zig** – vier**zig** – fünf**zig** – sech**zig** – sieb**zig** – acht**zig** – neun**zig*** sauf *drei**ßig***

Les unités sont prononcées avant les dizaines et on les relie par ***und***.
21 *ein**und**zwanzig* – 66 *sechs**und**sechzig* – 77 *sieben**und**siebzig*

- De 100 à 1 000 000
  100 *(ein)hundert* –185 *einhundertfünfundachtzig* – 600 *sechshundert* –
  1 000 *(ein)tausend* – 100 000 *(ein)hunderttausend*
  1 000 000 *eine Million*: il s'agit d'un nom (pluriel: *-en*)

Leur utilisation

- Pour indiquer l'**année**, on dit :
  neunzehnhundertachtundneunzig (1998) – *zweitausendsieben* (2007).
- Pour indiquer **une quantité ou un prix**, on dit :
  (ein)tausendneunhundertachtundneunzig (1998 €), *zweitausendsieben* (2007 €).
- Pour demander **l'heure**, on dit :
  Wie viel Uhr ist es? ou bien *Wie spät ist es?*

Pour dire l'heure de manière officielle, on dit :
Es ist neun Uhr fünfundvierzig (9:45).

Pour indiquer l'heure dans la langue courante, on dit :
Es ist Viertel vor neun (8:45). *Es ist Viertel nach zehn* (10:15). *Es ist halb eins* (12:30).

Pour indiquer l'heure à laquelle on fait quelque chose, on rajoute la préposition ***um***.
***Um** wie viel Uhr fährt der Bus ab?* À quelle heure part le bus ?

★ 1 Écris les opérations suivantes et leur résultat en toutes lettres.

+ : plus – : minus × : mal = : gleich

1. 7 + 13 = ...
2. 21 – 4 = ...
3. 17 × 2 = ...

SCORE ..../3

ATTENTION
Les nombres *siebzehn* (17) et *dreißig* (30) sont irréguliers.

★ 2 Écris l'heure en toutes lettres et des deux manières : officielle et courante.

1. 10:30 ....
2. 12:15 ....
3. 22:45 ....
4. 12:00 ....

SCORE ..../4

COUP DE POUCE
Contrairement au français, l'allemand prend en compte l'heure qui suit : *halb elf* (dix heures et demie).

3 **Écris en toutes lettres les années de naissance *(geboren)* et de mort *(gestorben)* de ces personnes célèbres.**

1. Albert Einstein ist (**1879**) .... geboren und (**1955**) .... gestorben.
2. Anne Frank ist (**1929**) .... geboren und (**1945**) .... gestorben.
3. Wolfgang Amadeus Mozart ist (**1756**) .... geboren und (**1791**) .... gestorben.
4. Clara Schumann ist (**1819**) .... geboren und (**1896**) .... gestorben.

SCORE ..../8

ATTENTION

Le nombre *eins* perd le *-s* lorsqu'il est suivi d'un autre nombre.

Les quantificateurs non numériques

- Le déterminant ***all-*** fait référence à la totalité d'un ensemble.

  Hat Eva alle ihre Freunde eingeladen?
  Eva a-t-elle invité tous ses amis ?

- Le déterminant ***jed-*** fait référence à un élément individuel d'un ensemble. *Jed-* sert également à exprimer la fréquence.

  Sie gab jedem Freund und jeder Freundin einen Kuss.
  Elle embrassa chaque ami et chaque amie.

  jeden Tag: tous les jours (le nom est à l'accusatif)

- L'adjectif ***viel-*** exprime l'idée de quantité et peut s'employer au singulier.

  Ich habe viele Deutsche getroffen.
  J'ai rencontré beaucoup d'Allemands.
  Vielen Dank! Merci beaucoup !
  Viel Spaß! Amusez-vous bien !

4 **Avant le départ. Complète à l'aide de *jed-*, *all-* ou *viel-*.**

MUTTER. – Hast du .... deine Sachen eingepackt?

CAROLINE. – Jaaa, Mutti!

MUTTER. – Wieso nimmst du so .... Comics mit?

CAROLINE. – Wieso?! Ich lese Comics gern! Und da, wo wir hinfahren, gibt es keine!

MUTTER. – Du kennst sie doch schon .... Hoffentlich spielst du nicht wie letztes Jahr .... Tag nur mit dem Computer!

CAROLINE. – Nein, dieses Jahr habe ich vor, ... Stunde mit dir zu verbringen.

SCORE ..../5

COUP DE POUCE

Jed- et *all-* sont utilisés deux fois.

Corrigés p. 7-8

TOTAL ..../ 20

11 Les pronoms personnels

Généralités

- Les pronoms personnels des 1re et 2e **personnes** font référence aux personnes en train d'échanger.

  ich, wir → locuteur   *du, ihr* → interlocuteur

- Ceux de la 3e **personne** font référence à une personne (des personnes) ou à une chose (des choses) déjà nommées au cours de l'échange.

  *Warte auf Peter! **Er** is müde.*
  Attends Peter. Il est fatigué.

- Les pronoms personnels **varient** en nombre, en cas et en genre à la 3e personne du singulier.

  ***Er** ist da. Ich sehe **ihn**.*
  Il est là. Je le vois.
  ***Sie** ist da. Ich sehe **sie**.*
  Elle est là. Je la vois.

1 Complète ces tableaux par les pronoms personnels au nominatif.

	Singulier	
	Nominatif	**Accusatif**
1re pers.	....	mich
2e pers.	....	dich
3e pers. m.	....	ihn
3e pers. f.	....	sie
3e pers. n.	....	es

	Pluriel	
	Nominatif	**Accusatif**
1re pers.	....	uns
2e pers.	....	euch
3e pers. m., f., n.	....	sie
Forme de politesse singulier et pluriel	....	Sie

SCORE ..../9

COUP DE POUCE
À la troisième personne masculin, féminin, neutre singulier et pluriel, les pronoms personnels portent la même marque que l'article défini *der, die, das, die*.

2 Complète les phrases suivantes par les pronoms personnels manquants à l'accusatif.

1. – Schreib mir bitte! Ich vermisse ....
2. – Kennst du Sissi? – Ja, ich kenne .... Sie ist die Kaiserin von Österreich.
3. – Hier hast du das Tagebuch von Anne Frank! Ich habe .... schon gelesen.
4. – Warte auf ....! Wir kommen mit!
5. – Wann kommt euer Zug an? Wir wollen .... vom Bahnhof abholen.
6. – Soll ich Klaus einladen? – Bitte nicht, ich kann .... nicht leiden.
7. – Frau Sommer, darf ich .... etwas fragen?

SCORE ..../7

COUP DE POUCE
Le genre, le nombre et le cas du pronom dépendent du groupe nominal qu'il remplace.

Les pronoms personnels au datif

ich	→	mir	wir	→	uns	*– Spielst du mit **Claudia** Tennis?*
du	→	dir	ihr	→	ihnen	Tu joues au tennis avec Claudia ?
er	→	ihm	sie	→	ihnen	*– Ja, ich spiele mit **ihr** Tennis.*
sie	→	ihr	Sie	→	Ihnen	Oui, je joue au tennis avec elle.
es	→	ihm				

ATTENTION
Les pronoms personnels *uns* et *euch* s'emploient à l'accusatif et au datif.

3 **Complète le dialogue suivant avec les pronoms personnels manquants au datif.**

JAN-PETER. – Claudia, Birgit, hat Klaus .... nicht gesagt, dass er eine Party macht?

CLAUDIA. – Was? Er macht eine Party und sagt .... nicht Bescheid?

BIRGIT. – Kannst du .... bitte seine Telefonnummer geben. Ich werde .... was erzählen.

CLAUDIA. – Wen hat er eingeladen?

JAN-PETER. – Angelika.

BIRGIT. – Kein Wunder! Er hat letztes Mal nur mit .... getanzt.

SCORE ..../5

COUP DE POUCE
Le pronom personnel porte la marque du cas (nominatif, accusatif, datif) que tu dois employer.

4 **Complète les bulles en utilisant les pronoms personnels correspondant à la situation.**

SCORE ..../9

Corrigés p. 8

Plus d'exercices sur www.hatier-entrainement.com

TOTAL .... / 30

12 Les pronoms réfléchis

Généralités

- Lorsque le sujet et le complément d'un verbe représentent **la même personne**, le complément peut être remplacé par un pronom réfléchi. L'équivalent en français est souvent un verbe pronominal.

  Ich *wasche* ***mich.*** Je me lave.

  Attention, l'inverse n'est pas toujours vrai.

  se réveiller, ***aufwachen*** *: Wann wachst du auf?*
  se lever, ***aufstehen*** *: Wann stehst du auf?*

- Dans la plupart des cas, le pronom réfléchi a **la même forme que le pronom personnel à l'accusatif**. Cependant, on emploie ***sich*** à la troisième personne du singulier et du pluriel ainsi qu'à la forme de politesse.

  Er *wäscht* ***sich.*** Il se lave.
  Sie *waschen* ***sich.*** Ils se lavent.

1 Complète le tableau suivant.

sich beeilen *(se dépêcher)*	**1re personne**	**2e personne**	**3e personne**
Singulier	ich beeile	du beeilst	er, sie, es beeilt ***sich***
Pluriel	wir beeilen	ihr beeilt	sie, Sie beeilen ....

SCORE ..../5

COUP DE POUCE
Aide-toi du tableau des pronoms personnels à l'accusatif de l'unité 11.

Le pronom réfléchi au datif

- Dans la plupart des cas, le pronom réfléchi au datif a la même forme que le pronom personnel au datif. Cependant, on emploie ***sich*** à la troisième personne du singulier et du pluriel ainsi qu'à la forme de politesse.

  Ich *schaue* ***mir*** *den Film im Fernsehen an.*
  Je regarde le film à la télévision.
  Schauen ***Sie sich*** *den Film im Fernsehen an?*
  Regardez-vous le film à la télévision ?

2 Complète le tableau suivant.

sich etwas kaufen *(s'acheter qqch.)*	**1re personne**	**2e personne**	**3e personne**
Singulier	ich kaufe	du kaufst	er, sie, es kauft **sich**
Pluriel	wir kaufen	ihr kauft	sie, Sie kaufen ....

SCORE ..../5

ATTENTION
Le pronom réfléchi s'emploie à l'accusatif et au datif.

3 **Complète les phrases suivantes par le pronom réfléchi qui convient.**

1. Heute Abend zeigen sie *Nosferatu* im Fernsehen. Schauen wir .... den Film an?

2. Was wünschst du .... zu Weihnachten?

3. Der Lehrer sagt: Hört .... den MP3-Player mehrmals (*plusieurs fois*) an!

4. Mit dem Geld werde ich .... einen Computer kaufen.

5. Bald haben wir Ferien. Freust du .... nicht?

SCORE ..../5

COUP DE POUCE
Il n'y a qu'un seul pronom réfléchi à l'accusatif.

4 **Traduis les phrases suivantes.**

1. Comment t'appelles-tu ? ....

2. À quelle heure voulez-vous vous lever ? ....

3. Puis-je me doucher (*duschen*) ? ....

4. On se baigne (*baden*) cet après-midi ? ....

5. Où se donne-t-on rendez-vous ? ....

SCORE ..../5

COUP DE POUCE
Il n'y a qu'un seul verbe à pronom réfléchi.

5 **Niklas raconte ce qu'il fait tous les jours. Complète les phrases.**

1. Es ist sieben Uhr; ich
....

2. Dann ....
....

3. Nach der Dusche ....
....

4. In der Schule ....
....

5. Die Schule ist endlich aus, ich .... riesig (*énormément*).

6. Es ist fünfzehn Uhr; wir .... im Cybercafé.

SCORE ..../6

ATTENTION
Le verbe conjugué doit toujours se trouver à la deuxième place.

INFO
Tu peux utiliser les verbes *sich anziehen*, *sich konzentrieren*, *sich freuen*.

Corrigés p. 8-9

TOTAL ..../ 26

LE GROUPE VERBAL

13 Le présent : *haben* et *sein*

Auxiliaires ou verbes ordinaires

- *Haben* et *sein* sont tantôt des auxiliaires, tantôt des verbes ordinaires.

  *Er **ist** gekommen.* Il est venu. (auxiliaire)
  *Peter **ist** nett.* Peter est gentil. (verbe ordinaire)

- Voici leur conjugaison au présent de l'indicatif :

haben	
ich habe	wir haben
du hast	ihr habt
er, sie, es hat	sie, Sie haben

sein	
ich bin	wir sind
du bist	ihr seid
er, sie, es ist	sie, Sie sind

1 Conjugue le verbe *haben* à la forme qui convient.

1. Claudia .... Zahnschmerzen.
2. .... du Angst vor dem Zahnarzt?
3. Ich .... großen Hunger.
4. Die Schüler .... frei.
5. .... ihr beim Lotto auch so ein Glück?
6. Wann .... du Geburtstag?

SCORE .... /6

INFO
Retiens l'expression très courante : *Heute habe ich Geburtstag* (Aujourd'hui, c'est mon anniversaire.)

2 Conjugue le verbe *sein* à la forme qui convient.

1. Die Schule.............. aus.
2. .... du krank?
3. Die Nachbarskinder .... wirklich sehr laut.
4. Er .... verliebt.
5. .... ihr wütend?
6. Wir .... gleich fertig!

SCORE .... /6

ATTENTION
Dans certaines expressions, l'allemand utilise le verbe *sein* alors qu'en français on emploie le verbe « avoir ».

Sein dans certaines expressions

- Pour indiquer l'âge :

  *Wie alt **bist** du?* Quel âge as-tu ? – *Ich **bin** 14 (Jahre alt).* J'ai 14 ans.

- Pour dire comment on se sent :

  *Mir **ist** kalt.* ≠ *Mir **ist** warm.* J'ai froid. ≠ J'ai chaud.
  *Mir **ist** schlecht.* Je ne me sens pas bien. *Mir **ist** schwind(e)lig.* J'ai le vertige.

- Pour demander le temps qu'il fait :

  *Wie **ist** das Wetter? – Das Wetter **ist** schön.*
  Quel temps fait-il ? – Il fait beau.

- Pour demander ce qui se passe : *Was **ist** los?* Que se passe-t-il ?
- Pour dire que l'on a terminé, que l'on est prêt : *Ich **bin** fertig.* Je suis prêt(e).
- Pour demander et indiquer la date :

  *Welchen Tag **haben** wir heute? – Heute **haben** wir Mittwoch.*
  Quel jour sommes-nous aujourd'hui ? – Aujourd'hui nous sommes mercredi.

3 Complète les phrases par *haben* ou *sein* à la forme qui convient.

1. .... du Geld?
2. .... sie reich?
3. Er .... 20.
4. Ich .... Claudia.
5. Sie .... nicht da.
6. Es .... 13 Uhr.
7. Welchen Tag .... wir heute?
8. .... ihr verrückt?
9. Ich .... aus Frankreich.
10. Hier .... Brigitte.
11. Da .... ich.
12. .... ihr Lust mitzukommen?

SCORE ..../12

COUP DE POUCE
Avec les adjectifs, tu dois utiliser *sein*.

4 Traduis.

1. Demain, c'est mon anniversaire ....
2. Et toi, quel âge as-tu ? ....
3. J'ai quatorze ans. ....
4. Il fait toujours beau à mon anniversaire. ....
5. Tu as de la chance ! ....

SCORE ..../5

INFO
à mon anniversaire : *zu meinem Geburtstag*

5 Donne une légende à chaque dessin, en utilisant des expressions avec *haben* ou *sein*.

1. ....

2. ....

3. ....

4. ....

5. ....

6. ....

SCORE ..../6

ATTENTION
L'allemand utilise fréquemment le verbe *sein* pour exprimer un état.

Corrigés p. 9

TOTAL .... / 35

14 Le présent : verbes faibles et forts

Le présent des verbes faibles

- L'infinitif d'un verbe se compose d'un radical et d'une terminaison.

  lern-en, apprendre *nehm-en*, prendre

- L'allemand distingue essentiellement deux types de verbes :
  – les **verbes réguliers**, aussi appelés **verbes faibles**, dont le radical ne varie pas ;
  – les **verbes irréguliers**, aussi appelés **verbes forts**, dont le radical peut changer.

- Présent de l'indicatif des verbes faibles : *lern-en*

ich	lern-**e**	wir	lern-**en**
du	lern-**st**	ihr	lern-**t**
er, sie, es	lern-**t**	sie, Sie	lern-**en**

- Pour exprimer la **forme de politesse**, on conjugue le verbe à la troisième personne du pluriel et le pronom personnel prend une majuscule.

  ***Kommen Sie** morgen?* Vous venez demain ?

ATTENTION
La terminaison *-en* correspond aux 1re et 3e personnes du pluriel pour les verbes faibles et forts.

1 Observe la terminaison du verbe et complète avec le ou les pronom(s) personnel(s) correspondant(s).

1. .... lerne auch deutsch.
2. .... spielt gern Fußball.
3. Kaufen .... das Buch?
4. Was suchst ....?

SCORE ..../4

2 Observe le pronom et ajoute au radical la terminaison correspondante.

1. Mach .... ihr morgen eine Party?
2. Wann kauf .... Sie das Haus?
3. Was krieg .... du zum Geburtstag?
4. Herr Peters, warum sag .... Sie nichts?

SCORE ..../4

INFO
L'allemand fait la différence entre le « vous » adressé à plusieurs personnes tutoyées (*ihr*) et le « vous » forme de politesse (*Sie*; une ou plusieurs personnes).

Le présent des verbes forts

Au présent de l'indicatif, les verbes forts présentent parfois un **changement de la voyelle** du radical de l'infinitif **à la deuxième et à la troisième personne du singulier**. Aux autres personnes, la conjugaison est régulière.

- Pour les verbes en ***e***, le ***e*** devient ***i*** :

  geben, donner : *ich gebe, du gibst, er/sie/es gibt, wir geben, ihr gebt, sie/Sie geben*
  sprechen, parler : *ich spreche, du sprichst, er/sie/es spricht, wir sprechen...*
  sehen, voir : *ich sehe, du siehst, er/sie/es sieht, wir sehen, ihr seht, sie/Sie sehen*

  Attention, le radical de certains verbes change complètement :

  nehmen, prendre : *ich nehme, du nimmst, er/sie/es nimmt, wir nehmen, ihr nehmt...*

- Pour les verbes en ***a***, le ***a*** devient ***ä*** :

  fahren, conduire : *ich fahre, du fährst, er/sie/es fährt, wir fahren, ihr fahrt...*

Chouette

4e

13-14 ANS

Le guide

Allemand

- **Les corrigés des exercices**
  Tous les corrigés détaillés, avec des explications complémentaires
- **Les scripts des podcasts audio**
  Des podcasts en téléchargement sur le site, pour s'entraîner à l'oral
- **Des infos parents**
  Au centre du livret, des informations sur le programme et des conseils pour aider votre enfant dans son travail

Hatier

TEST (pages 4 et 5)

LE GROUPE NOMINAL

1. Le nom *Tisch* est masculin : *der Tisch*.
2. Le féminin de *der Schüler* est *die Schülerin*.
3. Le groupe nominal *die Jeans* est à l'accusatif.
4. On emploie l'article *die*.
5. Le groupe nominal *ein Skateboard* est neutre.
6. Ich esse kein Fleisch.
7. le correspondant
8. Eva hat einen kleinen Bruder, ihr Bruder ist aber blond.
Oliver sieht gut aus. Ich mag seine blauen Augen.
9. Meine Eltern sind nett (*gentils*).
10. Au petit-déjeuner, je préfère les céréales au pain.
11. siebzehn, sechsundsechzig
12. Warte auf mich! Ich komme gleich.
13. Quand te lèves-tu ?

LE GROUPE VERBAL

14. Quel âge as-tu ?
15. Lest ihr auch gern Mangas?
16. Verbe à l'infinitif : *anrufen*
17. Mutti, Vati, darf ich auf die Party gehen?
18. Ich konnte nicht kommen, denn ich war krank.
19. gekauft, mitgemacht, telephoniert
20. Nächstes Jahr werden die Schüler eine Klassenfahrt nach Frankfurt machen.
21. Il s'adresse à plusieurs personnes.

LA PHRASE

22. Zu Weihnachten wünscht sich das Kind ein Mountain-Bike.
23. Wer ist das? – Mein Bruder.
24. Was kann man in Berlin sehen?
25. Fahren Sie in den Ferien wieder nach Berlin?
26. demain matin
27. Mozart wurde am 27. Januar 1756 in Salzburg geboren.
28. Ich weiß nicht, ob er kommt.

1 Le GN : généralités

1 **1.** Wie viel kostet der Volleyball? le ballon de volleyball
2. Das Kind kommt allein. l'enfant
3. Meine Eltern sind nicht da. mes parents
4. Wie heißt die kleine Katze? le petit chat
5. Der blaue Rock ist schön. la jupe bleue

EXPLICATION
Tu remarques que tous ces groupes nominaux sont sujets. *Die kleine Katze* et *der blaue Rock* ont pour structure : déterminant + adjectif + nom.

2

der Hamburger	das Foto	das T-Shirt
das Restaurant	das Handy	das Skateboard
die Party	der Computer	die CD

EXPLICATION
En allemand, comme en français, on trouve beaucoup de noms d'origine anglaise. Mais alors qu'en anglais, ils n'ont pas de genre, ils en prennent un dans la langue d'accueil.

3

4 **1.** die Freundin • **2.** die Direktorin • **3.** die Mathelehrerin • **4.** die Studentin • **5.** die Balletttänzerin • **6.** die Berlinerin • **7.** die Stewardess

EXPLICATION
On forme le féminin de tous ces noms désignant un statut ou une activité en ajoutant le suffixe *-in* au nom masculin. Attention à l'exception :
der Steward → die Stewardess.

2 Le GN défini au singulier

1 **1.** Der Schüler (N) lernt für das Abitur (A).
2. Paul stellt das Abendbrot (A) auf den Tisch (A).
3. Ich danke dir für die tolle DVD (A).
4. Kennst du den Mann (A) da drüben?
5. Der neue Comic (N) von Asterix ist noch nicht da.

EXPLICATION
Les phrases 2 et 4 comprennent un GN COD à l'accusatif : *das Abendbrot* et *den Mann*. Les autres GN à l'accusatif sont placés après des prépositions.

2 DIE TOCHTER. – Wie findest du die Hose (*f.*)?
DER VATER. – Zu eng! Magst du den Rock (*m.*) da?
DIE TOCHTER. – Der Rock ist schrecklich! Wie gefällt dir das T-Shirt (*n.*) zu 50 Euro?
DER VATER. – Das T-Shirt zu 50 Euro?! Du spinnst!! Es ist viel zu teuer!

EXPLICATION
Remarque que le sujet n'est pas toujours en première position : *Wie gefällt dir das T-Shirt?*
Le COD est plus rarement en première position :
Den Jungen kenne ich nicht. (Ce garçon, je ne le connais pas.)

3 **1.** Kommt Fabian zu Fuß oder mit dem Bus (*m.*) zur Schule?
2. Wann geben Sie dem Französischkurs (*m.*) die Klassenarbeit zurück, Frau Walter?
3. Was meinst du: Soll ich der Brieffreundin (*f.*) ein Paket schicken?
4. Wir können der Mutter (*f.*) beim Einkaufen helfen.
5. Benjamin dankt dem Freund (*m.*) für seine Hilfe.
6. Hast du dem Hund (*m.*) zu fressen gegeben?
7. Das Mofa gehört der Briefträgerin (*f.*).
8. Kannst du dem Kind (*n.*) helfen, über die Straße zu gehen?

EXPLICATION
Retiens que la marque du datif est *-em* si le nom est masculin ou neutre (*mit dem Bus*) et *-er* (*der Mutter helfen*) s'il est féminin.

4

	Masculin	Féminin	Neutre
Nominatif	der Freund	die Freundin	das Kind
Accusatif	den Freund	die Freundin	das Kind
Datif	dem Freund	der Freundin	dem Kind

3 Le GN défini au pluriel

1 **1.** das Kind: die Kinder • **2.** die Schwester: die Schwestern • **3.** der Computer: die Computer • **4.** die Schülerin: die Schülerinnen • **5.** das Jahr: die Jahre • **6.** das Fahrrad: die Fahrräder • **7.** die Woche: die Wochen • **8.** der Wagen: die Wagen

2 – Wo sind die Teller? – Hier. – Und die Gläser? – Im Schrank da links. – Ich suche auch die Messer und die Gabeln. – In der Schublade hinter dir. Vergiss die Löffel nicht!

EXPLICATION
Les noms masculins (*der Teller, der Löffel*) et neutres (*das Glas*) qui se terminent par *-er* ont un pluriel invariable. Ils ne prennent pas de marque de pluriel.

3 **1.** Woher kommen die Bananen? Sie kommen aus Afrika.
2. Woher kommen die Orangen? Sie kommen aus Tunesien.
3. Woher kommen die Würste? Sie kommen aus Frankfurt.
4. Woher kommen die Mozartkugeln? Sie kommen aus Salzburg.
5. Woher kommen die Spaghetti? Sie kommen aus Italien.

EXPLICATION
La marque de pluriel des noms féminins est soit *-en* soit *-n* : *die Banane, die Bananen.*

4 **1.** Die Band Rammstein gefällt besonders den Jungen / Jungs (*fam.*).
2. Schenken auch die Kinder den Eltern etwas zu Weihnachten?
3. Organisieren die Schüler die Schulfeier mit den Lehrern zusammen?
4. Der Junge dort war auch auf der Grill-Party bei den Nachbarn.
5. Das weiße Kleid mit den schwarzen Streifen gefällt mir sehr.
6. Woher kommt der neue Schüler? Aus den USA.

EXPLICATION
À l'oral, on utilise le plus souvent le pluriel *Jungs.*
Eltern et *Streifen* n'ont pas de marque datif pluriel car ils sont terminés par *-n.*

5 **1.** Wo soll ich die Brötchen kaufen?
2. Die Kinder bekommen zu Weihnachten viele Geschenke von den Eltern.
3. Die neuen Nachbarn sind nett.
4. Claudia findet die Fotos wirklich schön.
5. Elsa hat seit den letzten Ferien nicht mehr deutsch gesprochen.
6. Für wen ist das Wörterbuch? Für die Freunde aus Österreich.

EXPLICATION
Seule la fonction du nom dans la phrase t'indique s'il s'agit d'un nominatif (sujet), d'un accusatif (COD) ou d'un datif (COI) et te renseigne ensuite sur la marque.

6

	Masculin	Féminin	Neutre	Pluriel
Nominatif	der Mann	die Frau	das Kind	die Kinder
Accusatif	den Mann	die Frau	das Kind	die Kinder
Datif	dem Mann	der Frau	dem Kind	den Kindern

4 Le GN indéfini

1 **1.** Was kostet ein Videospiel? • **2.** Das ist ein Freund aus Deutschland. • **3.** Wo kann man eine DVD ausleihen? • **4.** Hast du dir ein Mountain-Bike gekauft? • **5.** Heute Nachmittag trifft Klaus eine Schülerin der 10. Klasse.

EXPLICATION
Dans la deuxième phrase, le groupe nominal est attribut du sujet, on utilise donc le nominatif.

2 Auf die Insel nehme ich eine Jeans, ein Skateboard, ein Messer, eine Gabel, einen MP3-Player, einen tragbaren Computer, einen Pullover, ein Heft, eine Uhr, eine Flasche Wasser und eine Digital-Kamera mit.

3 **1.** Claudia passt bei einer Nachbarin auf die Kinder auf.
2. Peter hilft einer alten Dame beim Aussteigen.
3. Wohnst du auch in einem Hochhaus?
4. Mein Bruder ist mit einem echt netten Mädchen befreundet.

EXPLICATION
Mädchen est de genre neutre, comme *Kind* et *Baby*.

4 Für die Party brauche ich noch Pappteller, Plastikbecher, Kerzen, Gabeln, CDs, Blumen zum Dekorieren, Getränke, Kuchen und Servietten.

EXPLICATION
Les noms d'origine étrangère ont souvent un pluriel en -s : *die CD / die CDs* ; ou aussi *das Handy / die Handys* ; *das Hobby / die Hobbys*.

5 **1.** Christian kommt mit Freunden auf die Party.
2. Diese weite Hose passt nicht zu gestreiften T-Shirts.
3. An Regentagen bleibe ich lieber zu Hause.
4. Sonntags spielen sie immer mit der Playstation bei Freundinnen.
5. Der neue Schüler fehlt schon seit Monaten.

EXPLICATION
Phrase 3 : lorsqu'on utilise la préposition *an* pour situer dans le temps et qu'elle désigne un jour ou une partie de la journée, elle est suivie du datif.

6

	Masculin	Féminin	Neutre	Pluriel
Nominatif	ein Bleistift	eine Schere	ein Lineal	Stifte
Accusatif	einen Bleistift	eine Schere	ein Lineal	Stifte
Datif	einem Bleistift	einer Schere	einem Lineal	Stiften

5 Les noms indénombrables – *kein*

1 **1.** Zum Frühstück bekamen wir ein Glas [d] Orangensaft [i].
2. Dann hatten wir die Wahl zwischen Kaffee [i], Tee [i] oder Kakao [i].
3. Es gab Wurst [i] igitt, igitt!, Käse [i] oder Müsli [i] mit Milch [i] lecker!
4. Das Brot [d] war klasse! Es gab Brötchen [d], Brot [i] mit Mohn [i] oder mit Sesam [i].
5. Die Gastfamilie gab mir einen Müsliriegel [d], deshalb hatte ich am Vormittag nie Hunger [i].

EXPLICATION
Attention ! *Wurst* a plusieurs significations : *die Wurst*, pl. *die Würste* (la saucisse, dénombrable) mais aussi *Wurst* (la charcuterie, indénombrable et qui désigne un collectif) comme dans la phrase 3.

2 **1.** Hast du Butter? – Ja, im Kühlschrank. • **2.** Hast du Zucker? – Natürlich! • **3.** Und Vanillezucker? – Moment! Ich schaue nach. • **4.** Ich brauche auch noch Mehl, Backpulver und Milch. • **5.** Die Milch ist im Kühlschrank, das Mehl findest du im Schrank.

EXPLICATION
Dans la phrase 5 tu peux utiliser l'article défini (car tu as déjà parlé de ces deux ingrédients auparavant), mais tu peux aussi ne pas utiliser d'article, et mettre ainsi l'accent sur la quantité indéterminée de ces produits.

3 **1.** Ich möchte eine DVD kaufen. • **2.** Kannst du mir Geld borgen? • **3.** Hast du Hunger? • **4.** Ja, ich möchte ein Hamburger. • **5.** Möchtest du Musik hören? • **6.** Ich habe ein Smartphone. • **7.** Wir wollen ins Kino gehen. Hast du Zeit? • **8.** Ich will zum Getränkautomaten, hast du Kleingeld?

EXPLICATION
Les expressions comme *Hunger haben*, avoir faim, ou *Zeit haben*, avoir du temps, comportent un GN sans article. On utilise l'article négatif *kein* pour les nier.

4 **1.** Stefan isst Obst, Gemüse, Brot, Kartoffelsalat, Müsli und Kuchen.
2. Stefan isst kein Fleisch, keine Salami, keine Wurst, keinen Schinken, keine Gans und keine Innereien.

5

	Masculin	Féminin	Neutre
Nominatif	kein Käse	keine Milch	kein Hemd
Accusatif	keinen Käse	keine Milch	kein Hemd
Datif	keinem Käse	keiner Milch	keinem Hemd

6 Noms et adjectifs : formation

1 **1.** die Zahnpasta • **2.** der Schneemann • **3.** die Bushaltestelle • **4.** der Regenschirm • **5.** der Geldschein • **6.** der Fußballplatz • **7.** die Brieffreundin • **8.** die Mathematiklehrerin

EXPLICATION
Certains mots composés se forment à partir de verbes : *halten* : s'arrêter / *die Stelle* : l'emplacement → *die Haltestelle* : l'arrêt (d'autobus).

2 **1.** der Schulbus: *le car scolaire*
2. der Schneeball: *la boule de neige*
3. der Sonnenschirm: *le parasol*
4. das Taschengeld: *l'argent de poche*
5. die Sonnenbrille: *les lunettes de soleil*
6. die Zahnbürste: *la brosse à dents*
7. die Reisetasche: *le sac de voyage*

EXPLICATION
Lorsqu'on prononce ces noms composés, il faut accentuer le premier terme.

3 **1.** le numéro de portable : die Handynummer
2. l'agenda : der Terminkalender
3. la date de naissance : das Geburtsdatum
4. la chanteuse préférée : die Lieblingssängerin

EXPLICATION
Souviens-toi que c'est la base du nom qui donne le genre au mot composé et qui se met au pluriel : *das Schlafzimmer → die Schlafzimmer.*

4 **1.** der Freund → freundlich: *aimable*
2. der Sport → sportlich: *sportif*
3. das Herz → herzlich: *affectueux*
4. der Ärger → ärgerlich: *embêtant*
5. der Punkt → pünktlich: *ponctuel*

EXPLICATION
Le nom à partir duquel on forme l'adjectif peut subir une altération : *der Punkt → pünktlich.*

5 EMMA – Wie war's auf der Party? Habt ihr euch amüsiert?
MAX – Nö, es war total langweilig!
EMMA – War Simon auch da? Hat er mit Luisa getanzt?
MAX – Sei nicht so neugierig!
EMMA – Aber er gefällt mir. Er ist so romantisch!
MAX – Ja, aber dafür ist er ein bisschen ängstlich. Er traut sich nichts.

7 L'expression de la possession

1

	Masculin	Féminin	Neutre	Pluriel
Nominatif	mein Vater	meine Mutter	mein Kind	meine Eltern
Accusatif	meinen Vater	meine Mutter	mein Kind	meine Eltern
Datif	meinem Vater	meiner Mutter	meinem Kind	meinen Eltern

2 Tom. – Hallo! Mein Name ist Tom.
Nabil. – Ich heiße Nabil.
Tom. – Ist das deine Freundin?
Nabil. – Nein, das ist meine Schwester.
Lena. – Hallo! Ich bin Lena.
Tom. – Was macht ihr denn hier?
Nabil und Lena. – Unsere Eltern haben ein Segelboot.
Tom. – Wow! Ich bin noch nie gesegelt.
Nabil und Lena. – Kein Problem! Wir fragen unseren Vater.

EXPLICATION
À la fin du dialogue, le pronom personnel *wir* renvoie au déterminant possessif *unser* et la marque *-en* à l'accusatif masculin.

3 1. *Erster Schultag. Eva und Ute sind in derselben Klasse.* Eva und Ute. – Wie heißt unser Chemielehrer? Und unsere Deutschlehrerin?
2. *Am Strand.* – Ist das sein Ball? – Nein das ist ihr Ball.
3. Der Parkwächter. – Sind das Ihre Kinder?
4. *Auf der Straße.* – Ist das euer Freund? – Nein, das ist unser Bruder.
5. – Ist das dein Motorrad? – Ja, wieso?
6. *Zu Hause.* Johannes und Moritz freuen sich. Ihre Eltern sind nicht da.

4 1. Lena, ist das deine Tasche? Nein, das ist Tills Tasche.
2. Oliver, ist das dein Skateboard? Nein, das ist Lenas Skateboard.
3. Evangelos, ist das deine Kappe? Nein, das ist Olivers Kappe.
4. Till, ist das dein T-Shirt? Nein, das ist Evangelos' T-Shirt.

8 L'adjectif qualificatif

1 (2) Der blonde Junge heißt Klaus.
(3) Wo wohnen eure deutschen Freunde?
(6) Sie haben aber nette Kinder!
(7) Sein neuer Mercedes war bestimmt teuer.

2 1. – Hast du die neue Freundin von Lutz gesehen?
2. – Die mit dem weißen Top?
3. – Ja, und den goldenen Plateau-Sandalen.
4. – Sie hat immer brandneue Klamotten an.
5. – Sie hat auch das tollste Handy von der Schule.
6. – Ich frage mich nur, wie sie sich die teuersten Sachen leisten kann!

EXPLICATION
Lorsqu'il n' y a pas de déterminant, la marque de l'adjectif épithète est -e au nominatif et à l'accusatif pluriel: *Das sind nette Leute; sie hat brandneue Klamotten an.*

3 1. Ich bin eine alte Frau. Ich wohne in einem komischen Haus aus Lebkuchen. Ich bin die Hexe (aus „Hänsel und Gretel").
2. Ich habe ein rotes Käppchen und trage einen roten Mantel. Ich bin Rotkäppchen.
3. Ich habe lange, blonde Haare, sitze auf einem steilen Felsen am Rhein und singe wunderschöne Lieder. Ich heiße Lorelei.
4. Ich habe einen sehr reichen aber geizigen Onkel, der Dagobert heißt. Ich bin Donald.

4 Lieber Patrick!
Wie geht's dir? Mir geht's prima! Wir haben hier seit Tagen schönes Wetter und ich habe mich in ein sehr hübsches Mädchen verliebt. Wir sind ganze Nachmittage im Schwimmbad und gehen abends ins Kino. Meine süße Freundin ist ein richtiger Kinofreak, sie muss immer alle neuen Filme sehen. Mir sind die Filme egal. Hauptsache, wir sind zusammen.
Schöne Grüße an deine Eltern.
Bis bald, dein Lutz.

EXPLICATION
Après le déterminant *alle*, l'adjectif épithète prend la marque *-en*: *alle neuen Filme*. La même règle s'applique après *beide* (les deux), *welche* (quels) et *keine* (aucun): *welche neuen Filme laufen hier?*

9 L'adjectif et l'adverbe : comparatif

1 **1.** Der Lehrer zu dem Schüler: – „Sprich bitte lauter!"
2. Der Polizist zu dem Autofahrer: – „Fahren Sie langsamer!"
3. Claudia zu ihrem Bruder: – „Sei bitte ein bisschen netter zu mir!"
4. Die Eltern zu ihrem Kind: – „Du musst fleißiger sein".
5. Die Eltern zu den Kindern: – „Seid bitte ruhiger!"

2 **1.** – Findest du den roten Schal schön? – Nein, für mich ist der Blaue viel schöner.
2. – Spielst du gern Fußball? – Ja, aber ich spiele noch lieber Tennis.
3. – Ist die Jacke warm? – Ja, aber der Mantel ist noch wärmer.
4. – War die CD teuer? – Ja, aber bei Karstadt ist sie noch viel teurer.
5. – Bist du früh aufgestanden? – Ja und morgen muss ich noch viel früher aufstehen.

EXPLICATIONS
- L'adverbe *gern* est irrégulier au comparatif de supériorité : *lieber*.
- Les adjectifs terminés par *-er* comme *teuer* perdent le premier *-e* au comparatif de supériorité.

3 **1.** Neymar (1992) ist älter als Mbappé (1998 geboren).
2. Der Montblanc (4807 Meter) ist höher als die Zugspitze (2963 Meter).
3. Das Motorrad ist schneller als der Motorroller.
4. Deutschland ist kleiner als Frankreich.

EXPLICATION
Au comparatif de supériorité, l'élément comparé est introduit par la conjonction *als*.

4 **1.** – Spielt ihr gern Fußball? Und Tennis?
– Wir spielen (genau) so gern Fußball wie Tennis.
2. – Ist der Mathelehrer nett? Und die Französischlehrerin?
– Der Mathelehrer ist (genau) so nett wie die Französischlehrerin.
3. – Ist das Handy teuer? Und das Tablet?
– Das Handy ist (genau) so teuer wie das Tablet.
4. – Schmeckt dir die Sachertorte gut? Und der Käsekuchen?
– Die Sachertorte schmeckt mir (genau) so gut wie der Käsekuchen.
5. – War das Wetter in Deutschland schön? Und in Frankreich?
– Das Wetter war in Deutschland (genau) so schön wie in Frankreich.

5 **1.** Claudia ist 12 Jahre alt. Ihr Bruder ist 15. Also ist Claudia nicht so alt wie ihr Bruder.
2. Barbara ist 1,65 m groß. Ihre Freundin ist 1,70 groß. Also ist Barbara nicht so groß wie ihre Freundin.
3. Peter steht heute um 6 Uhr auf. Birgit steht erst um 8 Uhr auf. Also steht Birgit nicht so früh wie Peter auf.
4. Jürgens Mountain-Bike fährt schnell. Barbara hat nur ein altes Fahrrad. Barbaras altes Fahrrad fährt nicht so schnell wie Jürgens Mountain-Bike.
5. Die Sommerferien in Frankreich sind sehr lang, sie dauern acht Wochen. In Deutschland dauern sie nur sechs Wochen. Die Sommerferien in Deutschland dauern nicht so lange wie in Frankreich.

10 Les quantificateurs

1 **1.** 7 + 13 = sieben plus dreizehn gleich zwanzig.
2. 21 – 4 = einundzwanzig minus vier gleich siebzehn.
3. 17 × 2 = siebzehn mal zwei gleich vierunddreißig.

2 **1.** Es ist zehn Uhr dreißig. Es ist halb elf.
2. Es ist zwölf Uhr fünfzehn. Es ist Viertel nach zwölf.
3. Es ist zweiundzwanzig Uhr fünfundvierzig. Es ist Viertel vor elf.
4. Es ist zwölf Uhr. Es ist Mittag.

3 **1.** Albert Einstein ist (1879) achtzehnhundertsiebenundneunzig geboren und (1955) neunzehnhundertfünfundfünfzig gestorben.
2. Anne Frank ist (1929) neunzehnhundertneunundzwanzig geboren und (1945) neunzehnhundertfünfundvierzig gestorben.
3. Wolfgang Amadeus Mozart ist (1756) siebzehnhundertsechsundfünfzig geboren und (1791) siebzehnhunderteinundneunzig gestorben.
4. Clara Schumann ist (1819) achtzehnhundertneunzehn geboren und (1896) achtzehnhundertsechsundneunzig gestorben.

EXPLICATION
Seules les unités et les dizaines sont séparées par *und* : *siebzehnhundertsechsundfünfzig*.

4 MUTTER. – Hast du alle deine Sachen eingepackt?
CAROLINE. – Jaaa, Mutti!
MUTTER. – Wieso nimmst du so viele Comics mit?
CAROLINE. – Wieso?! Ich lese Comics gern! Und da, wo wir hinfahren, gibt es keine!
MUTTER. – Du kennst sie doch schon alle. Hoffentlich spielst du nicht wie letztes Jahr jeden Tag nur mit dem Computer!
CAROLINE. – Nein, dieses Jahr habe ich vor, jede Stunde mit dir zu verbringen.

EXPLICATION
Jed-, *all-*, *viel-* portent les mêmes marques que l'article défini.

11 Les pronoms personnels

1

	Singulier	
	Nominatif	**Accusatif**
1re pers.	ich	mich
2e pers.	du	dich
3e pers. m.	er	ihn
3e pers. f.	sie	sie
3e pers. n.	es	es

	Pluriel	
	Nominatif	**Accusatif**
1re pers.	wir	uns
2e pers.	ihr	euch
3e pers. m., f., n.	sie	sie

Forme de politesse singulier et pluriel	Sie	Sie

EXPLICATION
À la différence du français, l'allemand possède un pronom personnel spécifique pour la forme de politesse singulière et plurielle: *Sie* (attention à la majuscule !).

2 **1.** – Schreib mir bitte! Ich vermisse dich.
2. – Kennst du Sissi? – Ja, ich kenne sie. Sie ist die Kaiserin von Österreich.
3. – Hier hast du das Tagebuch von Anne Frank! Ich habe es schon gelesen.
4. – Warte auf uns! Wir kommen mit!
5. – Wann kommt euer Zug an? Wir wollen euch vom Bahnhof abholen.
6. – Soll ich Klaus einladen? – Bitte nicht, ich kann ihn nicht leiden.
7. – Frau Sommer, darf ich Sie etwas fragen?

3 JAN-PETER. – Claudia, Birgit, hat Klaus euch nicht gesagt, dass er eine Party macht? CLAUDIA. – Was? Er macht eine Party und sagt uns nicht Bescheid?
BIRGIT. – Kannst du mir bitte seine Telefonnummer geben. Ich werde ihm was erzählen. CLAUDIA. – Wen hat er eingeladen? JAN-PETER. – Angelika. BIRGIT. – Kein Wunder! Er hat letztes Mal nur mit ihr getanzt.

4

EXPLICATION
Dans la scène 5, on emploie *mir* si chaque garçon parle en son nom ou *uns* s'ils parlent pour tous les deux.

12 Les pronoms réfléchis

1

sich beeilen	**1re personne**	**2e personne**	**3e personne**
Singulier	ich beeile mich	du beeilst dich	er, sie, es beeilt sich
Pluriel	wir beeilen uns	ihr beeilt euch	sie, Sie beeilen sich

2

sich etwas kaufen	**1re personne**	**2e personne**	**3e personne**
Singulier	ich kaufe mir	du kaufst dir	er, sie, es kauft sich
Pluriel	wir kaufen uns	ihr kauft euch	sie, Sie kaufen sich

3 **1.** Heute Abend zeigen sie *Nosferatu* im Fernsehen. Schauen wir uns den Film an? **2.** Was wünschst du dir zu Weihnachten? **3.** Der Lehrer sagt: Hört euch den MP3-Player mehrmals (*plusieurs fois*) an! **4.** Mit dem Geld werde ich mir einen Computer kaufen. **5.** Bald haben wir Ferien. Freust du dich nicht?

EXPLICATION
Le choix entre le pronom réfléchi à l'accusatif ou au datif dépend de sa fonction dans la phrase.

4 **1.** Wie heißt du?
2. Um wie viel Uhr wollen Sie / wollt ihr aufstehen?
3. Darf ich duschen?
4. Baden wir heute Nachmittag?
5. Wo treffen wir uns?

EXPLICATION
En allemand, un verbe réfléchi est toujours indiqué ainsi à l'infinitif : *sich treffen*.

5 **1.** Es ist sieben Uhr; ich stehe auf.
2. Dann dusche ich.
3. Nach dem Duschen ziehe ich mich an.
4. In der Schule konzentriere ich mich.
5. Die Schule ist endlich aus, ich freue mich riesig.
6. Es ist fünfzehn Uhr; wir treffen uns im Cybercafé.

EXPLICATION
Le pronom réfléchi dépend du sujet. Dans une proposition indépendante, il suit le verbe lorsque c'est le sujet qui occupe la première place : *Wir treffen uns im Cybercafé*. Lorsque le sujet n'occupe pas la première place, le pronom réfléchi le suit : *Nach dem Duschen ziehe ich mich an*.

13 Le présent : *haben* et *sein*

1 **1.** Claudia hat Zahnschmerzen. **2.** Hast du Angst vor dem Zahnarzt? **3.** Ich habe großen Hunger. **4.** Die Schüler haben frei. **5.** Habt ihr beim Lotto auch so ein Glück? **6.** Wann hast du Geburtstag?

2 **1.** Die Schule ist aus. **2.** Bist du krank? **3.** Die Nachbarskinder sind wirklich sehr laut. **4.** Er ist verliebt. **5.** Seid ihr wütend? **6.** Wir sind gleich fertig!

3 **1.** Hast du Geld? **2.** Ist / Sind sie reich? **3.** Er ist 20. **4.** Ich bin Claudia. **5.** Sie ist nicht da. **6.** Es ist 13 Uhr. **7.** Welchen Tag haben wir heute? **8.** Seid ihr verrückt? **9.** Ich bin aus Frankreich. **10.** Hier ist Brigitte. **11.** Da bin ich. **12.** Habt ihr Lust mitzukommen?

EXPLICATION
Dans la phrase 2, le pronom personnel *sie* renvoie soit au pronom personnel féminin singulier, soit au pronom personnel pluriel féminin et / ou masculin.

4 **1.** Morgen habe ich Geburtstag. **2.** Und du, wie alt bist du? **3.** Ich bin vierzehn. **4.** Zu meinem Geburtstag ist immer schönes Wetter. **5.** Du hast aber Glück!

EXPLICATION
Il faut apprendre ces expressions très courantes qui diffèrent du français.

5 **1.** Es ist schlechtes Wetter. **2.** Mir / Ihm ist kalt. **3.** Mir / Ihr ist schwind(e)lig. **4.** Das Kind / Es ist vier Jahre alt **5.** Mir / Ihm ist heiß. **6.** Ich habe Angst. / Er hat Angst.

14 Le présent : verbes faibles et forts

1 **1.** Ich lerne auch deutsch. **2.** Er / Sie / Es / Ihr spielt gern Fußball. **3.** Kaufen wir / sie / Sie das Buch? **4.** Was suchst du?

2 **1.** Macht ihr morgen eine Party? **2.** Wann kaufen Sie das Haus? **3.** Was kriegst du zum Geburtstag? **4.** Herr Peters, warum sagen Sie nichts?

EXPLICATION
L'allemand fait la différence entre le « vous » adressé à plusieurs personnes que l'on tutoie (*ihr*) et le « vous » forme de politesse (*Sie* ; une ou plusieurs personnes).

3 **1.** Wir / sie / Sie fahren im Sommer nach Deutschland. **2.** Er / Sie / Es sieht gern fern. **3.** Sprichst du deutsch? **4.** Ihr sprecht zu leise.

4 **1.** Fahrt ihr nach Deutschland? **2.** Gibst du mir die CD? **3.** Peter nimmt das Fahrrad. **4.** Sie spricht / sprechen gut deutsch.

5 PETER. – Wie heißt du?
CLAUDIA. – Claudia, und du?
PETER. – Was liest du denn da?
CLAUDIA. – Einen Comic.

PETER. – Isst du gern Eis?
CLAUDIA. – Wieso?
PETER. – Ich kenne da eine coole Eisdiele.
CLAUDIA. – Lädst du mich ein?
PETER. – Klar!
CLAUDIA. – Fahren wir mit deinem Roller?
PETER. – Das geht nicht, ich habe keinen Helm für dich!
CLAUDIA. – Schade!

EXPLICATION
À la deuxième personne du singulier, la terminaison est -*t* au lieu de -*st* pour les verbes dont le radical se termine par un ou deux -*s*: *essen, du isst.*

15 Le présent : verbes à particule

1 **1.** Ich – nicht **mit**spielen
Ich spiele nicht mit.
2. Nora – den ganzen Tag **fern**sehen
Nora sieht den ganzen Tag fern.
3. David – heute auf seine Schwester **auf**passen
David passt heute auf seine Schwester auf.
4. Vera und Anton – ihren Eltern nicht **zu**hören
Vera und Anton hören ihren Eltern nicht zu.
5. Jasmin – der alten Dame die Tür **auf**halten
Jasmin hält der alten Dame die Tür auf.

EXPLICATION
À l'infinitif et dans une subordonnée, la particule (le préverbe séparable) est attaché au verbe: *Ich weiß, dass Nora den ganzen Tag fernsieht.*

2

aufstehen

sich anziehen

weggehen

heimgehen

fernsehen

anrufen

sich vorbereiten

einschlafen

Thomas steht um 7 Uhr auf. Dann duscht er und zieht sich an. Um Viertel nach sieben frühstückt er. Nach dem Frühstück geht er weg. Von 8 bis 12 Uhr 30 arbeitet er. Dann geht er heim, isst zu Mittag, sieht fern, ruft Freunde an, bereitet sich auf die Klassenarbeit vor und isst Abendbrot. Um 21 Uhr schläft Thomas ein. Was für ein Leben!

3 CLAUDIA. – Uwe, kommst du mit? (mitkommen)
UWE. – Wohin?
CLAUDIA. – Ins Kino.
UWE. – Wann fängt der Film an? (anfangen / der Film)
CLAUDIA. – Um 20 Uhr.
UWE. – Ich weiß noch nicht. Ich rufe dich an. (anrufen / dich)
CLAUDIA. – Aber nicht vor 17 Uhr. Ich will nämlich fernsehen. (fernsehen)
UWE. – Ich will lieber Rad fahren (Rad fahren)
CLAUDIA. – Gute Idee! Ich komme auch!

4 **1.** Est-ce que Benjamin t'accompagne ? Kommt Benjamin mit? • **2.** Qu'est-ce que tu amènes ? Was bringst du mit? • **3.** Qu'est-ce que tu mets ce soir? Was ziehst du heute Abend an? • **4.** À quelle heure rentres tu demain ? Um wie viel Uhr kommst du morgen zurück?

EXPLICATION
La particule *mit* a ici le sens d'accompagnement.

16 Les verbes de modalité et *wissen*

1

	wollen	mögen	dürfen	müssen	können	sollen
Ich	will	mag	darf	muss	kann	soll
du	willst	magst	darfst	musst	kannst	sollst
er, sie, es	will	mag	darf	muss	kann	soll
wir	wollen	mögen	dürfen	müssen	können	sollen
ihr	wollt	mögt	dürft	müsst	könnt	sollt
sie, Sie	wollen	mögen	dürfen	müssen	können	sollen

EXPLICATION
Les terminaisons des verbes de modalité au singulier sont identiques: Ø (absence de terminaison) -*st* -Ø. Seul *sollen* conserve la voyelle du radical.

INFOS PARENTS

© Phovoir

En quoi consiste l'enseignement de l'allemand en deuxième année, au collège ? • Quelle est la part de l'oral ? • Quelle aide pouvez-vous, en tant que parent, fournir à votre enfant à la maison ? • Comment pratiquer l'allemand en dehors du collège ?

Voilà autant de questions que vous vous êtes sans doute déjà posées et auxquelles ce supplément « Infos parents » tente d'apporter des réponses, les plus précises possible.

Quel est le programme en allemand, en 2e année ?

Défini dans le B.O. de novembre 2015, l'enseignement de l'allemand au collège vise à faire comprendre, parler, lire et écrire un allemand usuel et contemporain.
L'élève apprend à s'impliquer dans des situations de communication adaptées à sa maturité et réalise des tâches qui vont de pair avec des acquisitions lexicales, grammaticales et culturelles.

Les activités de communication

La compréhension de l'oral

À partir de différents supports de courte durée, l'élève s'entraîne à distinguer les sons, les rythmes, les intonations de la langue parlée et à saisir le sens global d'un énoncé oral.

La compréhension de l'écrit

Les tâches proposées à l'élève doivent lui permettre d'avancer dans la compréhension d'un document écrit informatif ou narratif.

L'expression orale en interaction

L'élève doit être en mesure de participer à une conversation. Les activités portent sur des situations de la vie quotidienne ou font aussi appel à l'imaginaire. La production de l'élève peut être brève, comporter des hésitations, mais il doit réussir à se faire comprendre.

L'expression orale en continu

Dans la prise de parole en continu, les énoncés sont plus complets et la production de l'élève, plus complexe que dans l'expression orale en interaction.

L'expression écrite

Le travail d'expression écrite se caractérise par des activités courtes et fréquentes. Il s'agit d'apprendre à construire des énoncés simples mais cohérents.

Les contenus culturels

S'appuyant sur des documents authentiques, l'étude de la langue donne accès aux cultures et aux réalités des pays de langue allemande, au premier rang desquels l'Allemagne. Cette découverte s'accompagne de l'acquisition de quelques repères spatio-temporels (géographie, histoire...).

Lexique et grammaire

L'appropriation et la mémorisation du vocabulaire s'effectuent en contexte, à partir des documents étudiés.

En deuxième année sont approfondies les bases de la grammaire allemande : la phrase et le verbe, le GN, les pronoms, l'adjectif, le groupe prépositionnel et l'adverbe.

Comment l'aider à mémoriser le vocabulaire ?

Votre enfant a l'impression qu'il n'arrive pas à retenir le vocabulaire et qu'il a tout oublié le jour du contrôle. Comment faire pour qu'il le mémorise durablement ?

Ce que propose le manuel

Chaque chapitre aborde un thème et affiche généralement les objectifs à atteindre sur le plan lexical. Diverses activités orales et écrites, à partir de divers documents (sonores, visuels, textuels) vont permettre à votre enfant de comprendre et de s'approprier les mots et expressions indispensables pour pouvoir s'exprimer sur ce thème. Souvent, la traduction n'est pas indispensable, car les bruitages, l'illustration, le contexte permettent de saisir le sens.

Le travail en classe

Ces mots nouveaux sont utilisés plusieurs fois en cours ; les plus importants sont notés dans le cahier. Attirez donc l'attention de votre enfant sur le fait qu'une grande partie du travail d'acquisition du vocabulaire se fait en classe, qu'il doit y faire travailler sa mémoire auditive, surtout si vous ne pouvez pas l'aider vous-même par la suite à valider la bonne prononciation.

Le travail à la maison

Un travail régulier et méthodique

Faites l'inventaire des divers outils dont dispose votre enfant pour apprendre son vocabulaire. Votre enfant doit comprendre que l'apprentissage du vocabulaire ne peut pas être approximatif.
Les noms doivent être appris avec leur genre et leur pluriel. Tous les mots doivent être répétés à haute voix, récités.

Fiches mémoire

Au fil des leçons, votre enfant peut se constituer une fiche mémoire sur le thème abordé. En fin de chapitre il aura sous les yeux les mots (et les structures) qui lui permettent de s'exprimer sur le sujet. Les mots peuvent être classés par sous-thèmes, par classes grammaticales, être accompagnés de leur traduction ou d'un exemple.

Comment l'aider à s'approprier les règles de grammaire ?

La grammaire allemande est réputée pour être difficile, tant sur le plan morphologique (déclinaisons, conjugaisons) que syntaxique (construction des phrases). Mais s'il fournit un travail régulier, votre enfant trouvera naturellement les formes et les structures qui conviennent quand il veut s'exprimer.

Le travail en classe

En classe, l'élève se familiarise progressivement avec le marquage des cas en allemand (nominatif : sujet, accusatif : COD, etc.), selon le genre et le nombre, avec la conjugaison, avec la structure des phrases. Des entraînements sont proposés dans les diverses activités langagières. Encouragez votre enfant à y participer de manière active : plus il s'entraînera, plus il installera de façon durable ses connaissances et ses réflexes.

Le travail à la maison

Pour que le travail à la maison soit efficace, votre enfant doit savoir ce qui est à apprendre.
Si les notes de son cahier sont incomplètes, il peut les vérifier avec son livre.
Conseillez-lui de répéter à haute voix les formes ou les structures de phrase nouvelles, puis, pour manipuler le point grammatical, de faire les exercices demandés (ou de refaire ceux faits en classe).
Il peut aussi se constituer des fiches qui récapitulent par exemple toutes les questions qu'il sait poser, toutes les propositions subordonnées qu'il connaît, etc. Ces fiches vont lui permettre de structurer ses connaissances et de les installer en les relisant de temps à autre.

Pour résumer, quelles sont les cinq règles d'or ?

On peut résumer en cinq points les bonnes pratiques. N'oubliez pas cependant de les adapter à la personnalité de votre enfant.

1 Voyez avec votre enfant comment fonctionnent livre et cahiers.

2 Expliquez à votre enfant les objectifs de l'année et les diverses activités écrites et orales qu'il doit mettre en œuvre sur un même thème.

3 Veillez à la régularité de l'apprentissage du vocabulaire et des points grammaticaux (après chaque cours et avant le cours suivant).

4 Réécouter, répéter, relire, réciter, réécrire : tout ceci est rarement du temps perdu ! Rappelez-le à votre enfant.

5 Lorsqu'un devoir important de fin de chapitre est annoncé, aidez votre enfant à planifier sa révision, à répartir l'effort de mémorisation sur plusieurs jours

Comment pratiquer l'allemand en dehors de l'école ?

Pour améliorer son allemand, votre enfant doit essayer de pratiquer la langue à chaque fois que c'est possible. C'est en prenant l'habitude de parler allemand et en y prenant du plaisir qu'il progressera véritablement. Voici quelques suggestions.

Utiliser des ressources en ligne

Des sites qui permettent de s'entraîner en s'amusant

- Deutsche Welle (http://www.dw.de/apprendre-lallemand/s-2616) offre de très nombreuses et très intéressantes ressources pour s'entraîner en allemand.
- Le site du CNDP (http://www.cndp.fr/crdp-paris/L-allemand-en-s-amusant-jeux-et) propose des jeux pour réviser le lexique et la grammaire.

Des sites pour écouter ou lire des informations en allemand

- Voici deux sites d'actualité en ligne accessibles à des élèves de niveau A1-A2 :
  http://www.nachrichtenleicht.de
  http://www.nachrichtenfuerkinder.de
- La chaîne franco-allemande Arte (http://videos.arte.tv/de/videos/alleVideos) propose des actualités, des séries, des films ainsi que toutes sortes d'émissions concernant l'histoire et la culture.

Regarder des films ou écouter des chansons en VO

Des films

Regarder des films ou des séries allemandes en version originale est un excellent moyen d'améliorer son allemand. Il existe quelques films destinés aux jeunes : *Max Minsky und ich, Bibi Blocksberg, Lippels Traum, Emil und die Detektive, Pünktchen und Anton, Das fliegende Klassenzimmer, Momo, Jenseits der Stille....* Proposez à votre enfant de visionner ces films, avec les sous-titres en français puis avec les sous-titres en allemand.

Des chansons

Aujourd'hui, grâce à l'offre de musique en ligne sous diverses formes et à la multiplication des supports mobiles permettant d'écouter cette musique quand on veut et où on veut, les jeunes écoutent beaucoup de musique.
Pour qu'il progresse en prononciation ainsi qu'en compréhension de l'oral, incitez votre enfant à écouter des groupes ou chanteurs allemands sur « YouTube ».

Lire des textes courts

Nouvelles ou magazines

Des éditeurs proposent des histoires courtes annotées. Profitez de cette offre : la lecture de quelques pages chaque jour est un bon exercice mêlant plaisir et utilité.
Il existe également des magazines spécialement conçus pour les élèves. Ils permettent de lire des articles variés et de développer son vocabulaire.

Petite bibliographie

- *Leichte Lektüren* (Verlag Langenscheidt) propose des nouvelles en allemand qui correspondent aux niveaux A1 et A2. Par exemple, la série *Leo & Co.* Avec des illustrations en couleurs, des photos documentaires et des explications lexicales.
- *Freuden des Lesens* (Didier) est une série de romans d'auteurs contemporains dans une forme abrégée avec des notes de vocabulaire. Par exemple : *Oma* de Peter Härtling ; *Lippels Traum* de Paul Maar ; *Man nennt mich Ameisenbär* de Christiane Nöstlinger.
- Les magazines en allemand de Mary Glasgow (http://maryglasgowplus.com) : *Das Rad* (niveau A1), *Schuss* (niveau A2).

Comment faire partir mon enfant en Allemagne ?

Les contacts avec l'Allemagne sont nombreux et faciles grâce à l'Office franco-allemand pour la jeunesse (OFAJ) qui subventionne de nombreux échanges et jumelages.

Le voyage scolaire

Votre enfant pourra peut-être s'inscrire à un voyage de quelques jours en Allemagne ou dans un pays de langue allemande organisé par son professeur d'allemand. Cette formule lui permet de prendre contact avec le pays dont il étudie la langue et de partager ses impressions avec ses camarades de classe.

L'échange

Organisé par le collège

Votre enfant aura peut-être aussi la possibilité de participer à un échange d'une semaine ou plus organisé par son professeur. Il pourra ainsi vivre quelques jours dans une famille allemande, puis recevoir à son tour son correspondant en France. Cette formule permet de vivre au moins deux semaines avec un correspondant allemand dans l'année et, si l'on s'entend bien, de se réinviter pendant les vacances.

Dans le cadre d'un programme franco-allemand

Votre enfant peut également avoir un projet plus ambitieux, personnel cette fois, et participer au programme Brigitte Sauzay proposé par l'OFAJ aux élèves de 4e, 3e ou 2de. Il s'agit d'un échange de deux à trois mois. L'élève français part en Allemagne au printemps (début mai) et suit le rythme de son correspondant allemand (famille, école) jusqu'au début de l'été. Le correspondant allemand effectue son séjour en France au début de l'année scolaire suivante. Le choix du correspondant se fait avec l'aide du professeur d'allemand ou sur le site de l'OFAJ (www.ofaj.org).
C'est, de loin, la formule qui permet de faire le plus de progrès, mais il engage la vie de toute la famille et nécessite des qualités d'autonomie et une certaine solidité sur le plan scolaire, car votre enfant n'assiste pas à la totalité des cours du troisième trimestre en France.

Le séjour linguistique

Vous pouvez aussi vous adresser à des organismes pour un séjour pendant les vacances. Cette formule permet à votre enfant de pratiquer l'allemand dans un cadre de vacances, au contact de jeunes étrangers. Mais il convient de bien choisir sa formule. D'une manière générale, nous vous conseillons de sélectionner des organismes membres de l'UNOSEL.

2 – Kommst du heute Nachmittag mit? Wir wollen ins Kino.
– Heute Nachmittag kann ich nicht. Ich muss mit meiner Mutter einkaufen.
– Und heute Abend?
– Ich darf nicht nach 20 Uhr ausgehen.

3 **1.** – Was möchten Sie? – Ein Stück Apfelkuchen, bitte. • **2.** – Sag mal, laden wir Klaus auf die Party ein? – Bitte nicht, ich mag ihn nicht. • **3.** – Möchtest du noch etwas essen? – Nein danke, ich bin satt.

EXPLICATION
Le verbe de modalité *mögen* au subjonctif II sert à formuler une demande poliment.

4 **1.** Wisst ihr was? Wir bekommen hitzefrei! • **2.** Wissen Sie, wann der Bus abfährt? • **3.** Nein, das weiß ich nicht.

EXPLICATION
Le verbe *wissen* se conjugue comme un verbe de modalité : les terminaisons du singulier sont Ø, *-st*, Ø et la conjugaison du pluriel est régulière.

17 Le prétérit

1 **1.** Wo warst du gestern? • **2.** Ich hatte Besuch. • **3.** Plötzlich wurde Eva still. • **4.** Vielleicht hatte sie Angst. • **5.** Wart ihr auch in Deutschland? • **6.** Warum waren Sie gestern nicht da?

2

	wollen	dürfen	können
ich	woll-te-Ø	durf-te-Ø	konn-te-Ø
du	woll-te-st	durf-te-st	konnt-te-st
er, sie, es	woll-te-Ø	durf-te-Ø	konn-te-Ø
wir	woll-te-n	durf-te-n	konn-te-n
ihr	woll-te-t	durf-te-t	konn-te-t
sie, Sie	woll-te-n	durf-te-n	konn-te-n

	mögen	müssen	sollen
ich	moch-te-Ø	muss-te-Ø	soll-te-Ø
du	moch-te-st	muss-te-st	soll-te-st
er, sie, es	moch-te-Ø	muss-te-Ø	soll-te-Ø
wir	moch-te-n	muss-te-n	soll-te-n
ihr	moch-te-t	muss-te-t	soll-te-t
sie, Sie	moch-te-n	muss-te-n	soll-te-n

EXPLICATION
Comme pour *haben* et *sein*, la première et la troisième personnes du singulier ainsi que la première et la troisième personnes du pluriel des verbes de modalité sont identiques.

3 Hallo Tom!
Am Montag mussten wir in eine deutsche Schule gehen. Ich hatte so ein Pech! Mein Lehrer sagte auf einmal, ich sollte über das französische Schulsystem sprechen. Ich wollte aber nicht. Zum Glück hatte die deutsche Französischlehrerin eine bessere Idee. Wir durften mit den deutschen Schülern in den Park gehen. Alle waren froh und ich besonders, denn ich konnte mit einer sehr hübschen Schülerin reden. Ich glaube, sie mochte mich auch.
Bis bald, Dein Benjamin

4

ich wuss-te-Ø	wir wuss-te-n
du wuss-te-st	ihr wuss-te-t
er, sie, es wuss-te	sie, Sie wuss-te-n

5 **1.** Wusstest du, dass Deutschland 83,2 Millionen Einwohner hat? • **2.** Er wusste nicht, dass die Farben der deutschen Fahne Schwarz, Gold und Rot sind. • **3.** Wir wussten aber, dass Deutschland sechzehn Bundesländer hat. • **4.** Ich wusste auch, dass Bonn die Hauptstadt von der Bundesrepublik war.

EXPLICATION
On traduit ici le prétérit par un imparfait : *Wusstest du ... ?* Savais-tu ... ?

18 Le parfait

1 **1.** geblieben: (fo) • **2.** gesurft: (fa) • **3.** gelesen: (fo) • **4.** trainiert: (fa)

2 **1.** besuchen: besucht • **2.** mitspielen: mitgespielt • **3.** diskutieren: diskutiert

3 **1.** wegfahren: weggefahren • **2.** sprechen: gesprochen • **3.** geben: gegeben • **4.** treffen: getroffen

EXPLICATION
La voyelle du radical des verbes forts est souvent modifiée : *e* → *o*, *sprechen* → *gesprochen*. Il faut donc apprendre le participe II des verbes forts par cœur.

4 **1.** Hat er Brot gekauft? • **2.** Bist du mit dem Fahrrad gekommen? • **3.** Wie seid ihr gefahren, mit der U-Bahn? • **4.** Wir haben eine tolle Fete organisiert. • **5.** Wo ist denn Susanne geblieben? • **6.** Die Kinder sind sehr nett gewesen.

5 **1.** Er *wird* 12. Er ist 12 geworden. • **2.** *Bist* du krank. Bist du krank gewesen? • **3.** Sie *hören* sich den MP3-Player *an*. Sie haben sich den MP3-Player angehört. • **4.** Wann *besuchst* du ihn? Wann hast du ihn besucht? • **5.** Ich denke, dass die Austauschschüler *sich freuen*. Ich denke, dass die Austauschschüler sich gefreut haben. • **6.** Er fragt, warum sie so früh *weggehen*. Er fragt, warum sie so früh weggegangen sind.

EXPLICATION
Les verbes forts qui expriment un changement de lieu forment le parfait avec l'auxiliaire *sein*.

6 Am Montag haben uns die Gastfamilien empfangen.
Am Dienstag haben wir den historischen Stadtteil Ostberlins besichtigt.
Am Mittwoch sind wir nach Potsdam gefahren. Da haben wir im Park gepicknickt.
Am Donnerstag haben wir einen Stadtbummel auf dem Ku-Damm gemacht. Da haben wir Geschenke für unsere Familien gekauft.
Am Freitag sind wir ganz früh nach Hause zurückgefahren.

EXPLICATION
Le participe II se place toujours à la fin d'une proposition indépendante (*Am Montag haben uns die Gastfamilien empfangen*) et devant l'auxiliaire conjugué dans la subordonnée (*Er schreibt, dass die Gastfamilien sie am Montag empfangen haben*).

19 Futur et passif présent avec *werden*

1 **1.** Glaubt ihr, dass es klappen wird?
2. Wirst du in den Ferien fernsehen?
3. Nächstes Jahr wird Birgit Abitur machen.

EXPLICATION
Dans la subordonnée, *werden* est le verbe conjugué. Il se trouve donc en dernière position.

2 **1.** Du: in einem schönen Haus mit Garten wohnen
In 15 Jahren wirst du in einem schönen Haus mit Garten wohnen.
2. Du: einen netten Mann heiraten
Du wirst einen netten Mann heiraten.
3. Du und dein Mann: einen tollen Beruf in der Designerbranche ausüben
Du und dein Mann werdet einen tollen Beruf in der Designerbranche ausüben.
4. Ihr: einen Jungen und ein Mädchen bekommen
Ihr werdet einen Jungen und ein Mädchen bekommen.

EXPLICATION
Pour conjuguer un verbe au futur, il suffit de conjuguer l'auxiliaire *werden* au présent, on ne change pas l'ordre du groupe verbal infinitif.

3 **1.** Die französischen Schüler werden von den deutschen Gastfamilien empfangen.
2. Sie wird / werden am Bahnhof abgeholt.
3. Das Theaterstück wird am Mittwoch gespielt.
4. Die Briefe werden kurz vor der Abreise abgeschickt.

4 **1.** Vor dem Duschen werden die Betten gemacht.
2. Jeden Morgen wird der Frühstückstisch gedeckt.
3. Um 18 Uhr 30 wird das Abendbrot serviert.
4. Um 22 Uhr wird das Licht ausgemacht.

EXPLICATION
Le verbe *servieren* n'est pas accentué sur la première syllabe. C'est pour cela que le participe II de ce verbe n'a pas de suffixe *-ge*.

5 **1.** Heute wird gesungen. • **2.** Jetzt wird geschlafen. • **3.** Im Museum wird nichts angefasst.

EXPLICATION
Dans ces phrases, *werden* n'a pas de sujet. Si la première place n'était pas occupée, il faudrait utiliser le pronom *es* (*Es wird gesungen.*)

20 Le mode impératif

1 **1.** Die Mutter zu dem Kind: „Sei nett!" (sein)
2. Die Verkäuferin zu dem Kunden: „Bitte haben Sie etwas Geduld!" (haben)
3. Der Lehrer zu den Schülern: „Werdet endlich mal vernünftig!" (werden)
4. Die Eltern zu ihrem kleinen Sohn: „Putz(e) dir die Zähne!" (putzen)
5. Die Mutter zu dem Kind: „Schlaf(e) schön!"(schlafen)

EXPLICATION
On utilise le pronom personnel uniquement à la forme de politesse.

2 **1.** auf die Frage antworten „Antworte (bitte) auf die Frage!" • **2.** deiner Mutter helfen „Hilf (doch) deiner Mutter!" • **3.** aufpassen „Pass (bitte) auf!" • **4.** keine Kaugummis essen „Iss (bitte) keine Kaugummis!"

EXPLICATIONS
- L'adverbe *bitte* sert à atténuer l'ordre, l'adverbe *doch* à l'accentuer.
- La terminaison -*e* est obligatoire pour les verbes dont le radical se termine par -*t*.

3 **1.** „Gehen Sie jeden Tag spazieren!"
2. „Regen Sie sich nicht auf!"
3. „Essen Sie abends wenig!"
4. „Machen Sie Sport!"

EXPLICATION
Le verbe à l'impératif se trouve à la première place.

4 **1.** „Räume dein Zimmer auf!"
2. „Stell die Musik leiser!"
3. „Sei nicht immer schlecht gelaunt!"
4. „Hilf mir!"

EXPLICATION
Les phrases injonctives sont toujours terminées par un point d'exclamation.

5

EXPLICATION
Il faut employer la deuxième personne du pluriel, car Charlotte s'adresse à toute sa famille.

21 L'ordre des mots : la phrase simple

1 **1.** Wir schreiben *morgen* eine Klassenarbeit. Morgen schreiben wir eine Klassenarbeit.
2. Ich bin *da*. Da bin ich.
3. Sie sind *dann* ins Kino gegangen. Dann sind sie ins Kino gegangen.
4. Ich mag *die blaue Hose* nicht. Die blaue Hose mag ich nicht.

2 **1.** In den Ferien fahren wir nach Frankreich oder wir bleiben in Deutschland.
2. Heute geht er nicht zur Schule, denn er ist krank.
3. Peter, Klaus und Barbara kommen bestimmt auf die Party.
4. Claudia möchte auch kommen, aber sie kann nicht.
5. Nicht sie sondern ihr Bruder ist krank.

3 **1.** Nein, hier darf man nicht parken. • **2.** Nein, Peter kann nicht Inline-Skates fahren. • **3.** Nein, sie fahren nicht nach Salzburg sondern nach Wien. • **4.** Nein, sie ist nicht in ihrem Zimmer.

EXPLICATION
La négation *nicht* se place devant le groupe verbal infinitif : *parken dürfen* : *nicht parken dürfen*.

4 **1.** Kommst du? Ja, ich komme. • **2.** Kommen die Mädchen mit? Natürlich, die Mädchen kommen mit. • **3.** Freut ihr euch? Klar, wir freuen uns sehr! • **4.** Kommst du? Unmöglich, ich bin noch nicht fertig. • **5.** Kommt er nicht? Doch, er kommt.

EXPLICATION
La réponse à une phrase interrogative globale est soit *ja*, soit *nein*, soit un adverbe de sens voisin.

22 La phrase interrogative partielle

1 **1.** – Was ist das? – Das ist eine Vase.
2. – Was hast du zu Weihnachten bekommen? – Ein Mountainbike.
3. – Wer ist das? Das ist meine Schwester.
4. – Wem willst du die Blumen schenken? – Meiner Mutter.

5. – Wen haben sie eingeladen? – Die Freunde aus Deutschland.
6. – Wen triffst du heute Abend? – Kasper.
7. – Wem hast du das gesagt? – Deinem Bruder.

EXPLICATION
Le pronom interrogatif a les mêmes marques que l'article défini.

2 1. – Wie alt ist sie? – 15.
2. – Wie lange dauert eine Schulstunde in Deutschland? – 45 Minuten.
3. – Wie viele CDs hat Claudia gestern gekauft? – Zwei.
4. – Wie viel Geld hat sie gewonnen? – 2000 €.
5. – Wie spät ist es? – 15 Uhr.

3 1. In welcher Klasse macht ein deutscher Schüler Abitur?
2. Welches Eis ist Noras Lieblingseis?
3. Welcher Schüler gefällt ihr besonders?
4. Welchen Pullover willst du dir kaufen?
5. Welchen Zug nimmst du?
6. Mit welchen Kindern spielt der kleine Tom am liebsten?

EXPLICATION
Phrases 1 et 6 : attention de ne pas oublier la préposition, lorsque la question porte sur un complément circonstanciel.

23 L'expression du lieu : le locatif

1 (2.) Bist du heute Nachmittag zu Hause?
(3.) Im Sommer bleibt Daniela bei ihren Großeltern.
(4.) Verbringen Sie Ihre Ferien wieder in der Türkei?

EXPLICATION
Dans la phrase 5, le verbe est *kommen*, il est au parfait.

2 1. – Wo ist denn meine Tasche? – Da, auf dem Schreibtisch.
2. – Und mein Notenbuch? – Da, in der Tasche.
3. – Ich finde die Klassenarbeiten nicht. – Da, unter dem Stuhl.
4. – Wo ist mein Füller? – Da, vor dem Aktenordner.
5. – Ist Klaus heute nicht da? – Doch, er steht doch neben dem Direktor.

EXPLICATION
Le pronom interrogatif *wo* indique que la relation est locative.

3 1. – Wo will François sein Praktikum machen? – Bei einem Tierarzt. • 2. Beim Bäcker gab es keine Brötchen mehr. • 3. – Wo sind denn Ihre Kinder? – Zu Hause vor dem Fernseher. • 4. Claudia kann gut englisch, sie hat ein Jahr in den USA verbracht. • 5. Auf welchem Gleis kommt der Zug aus München an?

4 – Wo warst du in den Ferien?
– Auf dem Land, bei meinen Großeltern.
– O je! War das nicht langweilig?
– Wieso? Auf einem Bauernhof ist viel los! Was hast du denn gemacht?
– Ich war am Meer auf Kreta.
– War es nicht zu heiß?
– Schon, aber danach war ich in England und da hat es nur geregnet.
– Nächstes Jahr will ich Kinder in einem Ferienlager in den Alpen betreuen.
– Gute Idee! Wir können uns beide bewerben.

24 L'expression du lieu : le directif

1 1. Ich möchte nach Rom fahren. • 2. Wie hat dir die Reise nach Amerika gefallen? • 3. Im Reisebüro: Möchten Sie nach Kanada oder in die USA? • 4. Wann fährt der Zug nach Berlin? • 5. Fahrt ihr wieder zum Skilaufen in die Schweiz?

2 1. Im Juli fahren wir ans Meer. • 2. Stell bitte die Gläser auf den Tisch! • 3. – Wohin soll ich das Poster hängen? – Über das Bett! • 4. Sabine, geh bitte an die Tafel! • 5. Heute Abend gehen wir ins Kino.

EXPLICATION
Le pronom interrogatif *wohin* renvoie à une relation directive.

3 Du gehst zuerst nach rechts in die Franz-Kafkastraße, dann nach links in die Ingeborg-Bachmannstraße, dann geradeaus über den Käte-Kollwitzplatz, da findest du das Brentano-Schwimmbad.

4 1. Petra wohnt seit Juli in Paris. • 2. Darf ich mich ans Fenster setzen? • 3. – Wie komme ich zu Klaus? •

4. Entschuldigen Sie! Wie komme ich bitte zur Post? • **5.** Fährst du im Sommer zu deiner Brieffreundin?

EXPLICATION
On contracte certaines prépositions avec l'article : *an + das = ans* ; *zu + der = zur.*

5 **1.** Steig bitte von meinem Fahrrad! • **2.** Du sollst aus meinem Zimmer verschwinden (*disparaître de*)! • **3.** Peter kommt aus England. • **4.** Wir holen dich vom Bahnhof ab. • **5.** Im Sommer fährt Carlos von Berlin nach Rom.

EXPLICATION
Dans la phrase 3, la préposition *aus* indique l'origine géographique.

25 Les adverbes de temps et de lieu

1 **1.** – Anna, zum letzten Mal, das Essen ist fertig! – Ja Vati, ich komme sofort. • **2.** Das Wetter war oft schön; es hat nur ein einziges Mal geregnet. • **3.** In Afrika regnet es zu selten; das ist ein echtes Problem. • **4.** Armin muss viel Klavier üben; deshalb kann er manchmal nicht zum Chor kommen. • **5.** Ich sage immer die Wahrheit, ich lüge nie!

2 PIA. – On se voit demain ? Sehen wir uns morgen?
KATI. – Demain matin je ne peux pas. Morgen früh kann ich nicht.
PIA. – Alors demain après-midi au cinéma ? Na dann morgen Nachmittag im Kino?
KATI. – J'étais déjà hier soir au cinéma. Im Kino war ich schon gestern Abend.
PIA. – Réfléchis et rappelle-moi plus tard. Überleg und rufe mich später zurück!

EXPLICATION
Pour traduire « demain matin », on utilise l'expression *morgen früh*.

3 **1.** Zuerst muss ich die Katze zu Jonas bringen.
2. Dann muss ich die Digitalkamera aufladen.
3. Dann muss ich den Rucksack packen.
4. Dann muss ich Oma anrufen.
5. Schließlich muss ich mein Zimmer aufräumen.

EXPLICATION
Dans toutes ces phrases l'adverbe de temps occupe la première place, le verbe reste en deuxième position.

4 LEA. – Sabine, fährst du heute zum Kaufhof?
SABINE. – Wieso?
LEA. – Dort sind Jeans im Angebot.
Im Kaufhof.
DIE VERKÄUFERIN. – Hier finden Sie keine billigen Jeans mehr. Sie müssen zum Kaufhof an der Börse.
SABINE. – Wie komme ich dahin?
DIE VERKÄUFERIN. – Das ist ziemlich weit (*assez loin*). Bis dorthin fahren Sie lieber mit der U-Bahn.

5 Auf der Zeichnung / dem Bild sieht man ein Haus mit einem Stockwerk, oben befinden sich das Kinderzimmer und das Elternschlafzimmer, unten die Küche und das Wohnzimmer.
Vorn sieht man einen Swimmingpool, rechts Plutos Hundehütte und links die Garage.

EXPLICATION
Les adverbes de lieu *oben / unten, vorn / hinten* renvoient aux prépositions spatiales *über / unter, vor / hinter.*

26 L'expression du temps

1 **1.** b • **2.** d • **3.** e • **4.** c • **5.** a

2 **1.** Die Schüler in Deutschland haben am Mittwoch Schule und am Nachmittag frei.
2. In Deutschland wird oft schon um 18 Uhr Abendbrot gegessen.
3. – Was machst du in den Sommerferien?
4. – Du hörst mir nicht zu! Ich habe es dir schon zum dritten Mal erzählt.
5. Anita kommt in vierzehn Tagen aus den Ferien zurück.

EXPLICATION
On utilise la préposition *an* suivie du datif, pour indiquer un jour ou un moment de la journée.

3 DER REISEBÜROANGESTELLTE. – Wann möchten Sie fahren?
DER KUNDE. – Am dreißigsten Juli.
DER REISEBÜROANGESTELLTE – Wie lange wollen Sie bleiben?
DER KUNDE. – Drei Wochen.
DER REISEBÜROANGESTELLTE. – Das heißt vom dreißigsten Juli bis zum zwanzigsten August.
DER KUNDE. – Ja genau.
DER REISEBÜROANGESTELLTE. – Das kostet fünfhundert Euro.
DER KUNDE. – Wie bitte?

DER REISEBÜROANGESTELLTE. – In einem Monat ist es billiger.
DER KUNDE. – Da kann ich leider nicht.

EXPLICATION
Un groupe nominal à l'accusatif et sans préposition peut aussi exprimer la durée: *Wie lange wollen Sie bleiben? – Drei Wochen.*

4 **1.** Wann möchtest du ins Kino gehen? – Am Samstag.
2. Wann beginnt der Film? – Um 16 Uhr.
3. Wie lange dauern die Sommerferien in Deutschland? – Sechs Wochen.
4. Wann fiel die Berliner Mauer? – Am 9. November 1989.

EXPLICATION
Le verbe *dauern* indique qu'il s'agit d'une durée.

27 Les propositions subordonnées

1 **1.** Warum konnte er nicht kommen? (Er hatte Besuch.)
Er konnte nicht kommen, weil er Besuch hatte.
2. Warum müssen wir uns beeilen? (Der Film fängt in 5 Minuten an.)
Wir müssen uns beeilen, weil der Film in 5 Minuten anfängt.
3. Warum durfte sie sich den Film nicht anschauen? (Sie ist erst 11.)
Sie durfte sich den Film nicht anschauen, weil sie erst 11 ist.
4. Warum haben sie geschrieben? (Sie wollen uns zu Ostern besuchen.)
Sie haben geschrieben, weil sie uns zu Ostern besuchen wollen.

2 **1.** Frau Karnick fragt, ob du noch Limo möchtest.
2. Herr Karnick fragt, ob du auch um 8 Uhr aufstehst.
3. Constanze fragt, ob du den Film *Sophie Scholl* gesehen hast.
4. Frau Karnick fragt, ob du ein Wörterbuch brauchst.
5. Die Schüler fragen die Lehrerin, wann die Weihnachtsferien anfangen.

EXPLICATION
Si l'interrogation est globale (on peut répondre par «oui» ou par «non»), la subordonnée interrogative est introduite par *ob*.

3 **1.** Ich glaube nicht, dass Frau Sommer die Klassenarbeiten schon korrigiert hat. • **2.** Frag Jürgen, ob er auf die Party kommen will. • **3.** Ich weiß nicht, ob er krank ist. • **4.** Rainer hat geantwortet, dass er zu Weihnachten nicht zu uns kommen kann.

4 **1.** Das Wetter ist schön. Mira geht ins Freibad.
Wenn das Wetter schön ist, geht Mira ins Freibad.
2. Es regnet. Marcel bleibt zu Hause.
Wenn es regnet, bleibt Marcel zu Hause.
3. Anna hat das Abitur. Sie will Kunst studieren.
Wenn Anna das Abitur hat, will sie Kunst studieren.

Les podcasts audio

INFOS PARENTS

- Avec ce cahier, votre enfant peut accéder à un **entraînement interactif à la compréhension orale** sur le site www.hatier-entrainement.com.
- **Le travail sur chaque podcast se déroule en trois étapes :**

1. Votre enfant écoute le dialogue autant de fois qu'il le souhaite.

2. Il teste sa compréhension avec le quiz.

3. À la fin, il peut afficher le script du podcast, ainsi que sa traduction.

- Nous reproduisons ci-dessous les scripts des podcasts, avec leur traduction.
- Notez que vous pouvez **télécharger l'ensemble de ces dialogues**. Le répertoire contenant tous les sons du cahier est disponible sur le site www.editions-hatier.fr (plus de précisions sur la page 3 du cahier).

1. Eine Einladung am Telefon

Compétence : Indiquer l'heure et le jour

ANNA: Anna Bachmann, guten Tag!

LUISA: Hallo Anna! Du, ich mache am Samstag eine Party.

ANNA: Hast du etwa Geburtstag Luisa?

LUISA: Ja, ich werde am Freitag 14. Ich lade deinen Bruder auch ein.

ANNA: Welchen? Jan oder Julian?

LUISA: Julian natürlich!

ANNA: Warum? Bist du verliebt?

LUISA: Quatsch! Das ist doch der beste DJ der Schule.

ANNA: Schon gut! Wann beginnt die Party?

LUISA: Um 20 Uhr, dein Bruder soll aber früher für die Musik kommen.

ANNA: Um wie viel Uhr für die Musik?

LUISA: Um 19 Uhr.

ANNA: Dann Tschüs Luisa!

LUISA: Tschüs Anna, bis Samstag!

TRADUCTION

Une invitation au téléphone

ANNA : Anna Bachmann, bonjour.
LUISA : Salut Anna ! Je fais une fête samedi.
ANNA : C'est ton anniversaire non ?
LUISA : Oui, j'aurai 14 ans vendredi. J'invite aussi ton frère.
ANNA : Lequel ? Jan ou Julian ?
LUISA : Julian bien sûr !
ANNA : Pourquoi ? Tu es amoureuse ?
LUISA : Tu es bête ! C'est le meilleur DJ du collège.
ANNA : C'est bon ! Quand commence la fête ?
LUISA : À 20 heures, mais ton frère devra venir plus tôt pour la musique.
ANNA : À quelle heure pour la musique ?
LUISA : À 19 heures.
ANNA : Bon alors salut Luisa !
LUISA : Salut Anna, à samedi !

2. Einkaufen

Compétence : Faire un achat

Zwei Freunde, Max und Moritz, machen Shopping in einem Kaufhaus.

MAX: Guck mal, das graue T-Shirt dort!

MORITZ: Ich finde die Farbe grausam. Das Schwarze ist schöner.

MAX: Wie viel kostet das Schwarze?

MORITZ: 60 Euro. Das ist doch billig!

MAX: Du spinnst! 60 Euro für ein T-Shirt, das ist der Wahnsinn!

MORITZ: Dann nimm das Graue, es ist billiger. Es kostet nur 10 Euro.

MAX: Genau! Grau oder schwarz, das ist doch egal!

(*Am nächsten Tag in der Schule.*)

FELIX, *ein Schüler zu Max:* Du Max, woher hast du dein tolles T-Shirt?

MAX: Vergiss es! Es ist zu teuer für dich!

TRADUCTION

Shopping

Deux amis Max et Moritz font du shopping dans un grand magasin.
MAX : Regarde le T-shirt gris là-bas !
MORITZ : Je trouve la couleur horrible. Le noir est plus beau.
MAX : Combien coûte le noir ?
MORITZ : 60 euros. C'est bon marché !

MAX : Tu es fou ! 60 euros pour un T-shirt, c'est de la folie !
MORITZ : Alors prends le gris, il ne coûte que 10 euros.
MAX : Exactement ! Gris ou noir, c'est pareil !
(Le lendemain à l'école.)
FELIX, *un élève s'adresse à Max* : Eh Max, où as-tu trouvé ton super T-shirt ?
MAX : Oublie ! C'est bien trop cher pour toi !

3. Sich orientieren

Compétence : Demander son chemin

Zwei Franzosen, Alexandre und Walid, suchen den Weg zum Schwimmbad.

WALID: Entschuldigung, wir haben uns verlaufen, wir suchen das Schwimmbad in der Mozartstraße

EIN PASSANT: Die Mozartstraße ist nicht weit von hier, etwa 10 Minuten zu Fuß. Geht zuerst geradeaus, dann die zweite Straße links. Ihr seid in der Mozartstraße.

WALID: Danke schön.

ALEXANDRE: Was hat er gesagt? Zuerst die zweite Straße links, dann geradeaus.

WALID: Ich weiß nicht mehr. Ich rufe Lukas an, hast du seine Handynummer?

ALEXANDRE: Ja, das ist die 163457982.

Aber jetzt sind wir in der Mozartstraße. Wo ist denn das Schwimmbad?

WALID: Mozartstraße 97.

ALEXANDRE: Ich sehe immer noch kein Schwimmbad!

WALID: Guck mal das Schild da! Disko „das Schwimmbad".

ALEXANDRE: Was machen wir jetzt mit unseren Badesachen?

WALID: Vielleicht gibt es einen Swimmingpool in der Diskothek.

TRADUCTION
S'orienter
Deux Français Alexandre et Walid cherchent le chemin pour aller la piscine.
WALID : Pardon, nous nous sommes perdus, nous cherchons la piscine dans la Mozartstraße.
UN PASSANT : La Mozartstraße n'est pas très loin d'ici, à à peu près 10 minutes à pied. Vous allez d'abord tout droit, ensuite vous prenez la deuxième rue à gauche. Vous êtes dans la Mozartstraße.
WALID : Merci beaucoup.
ALEXANDRE : Qu'est-ce qu'il a dit ? D'abord deuxième à gauche, ensuite tout droit.
WALID : Je ne sais plus. J'appelle Lukas, tu as son numéro de portable ?
ALEXANDRE : Oui, c'est le 163457982.
Mais nous voici dans la Mozartstraße. Où est donc la piscine ?
WALID : Mozartstraße 97.
ALEXANDRE : Je ne vois toujours pas de piscine.
WALID : Regarde le panneau là-bas ! Discothèque « la Piscine ».
ALEXANDRE : Qu'est-ce qu'on va faire de nos affaires de piscine maintenant ?
WALID : Il y a peut-être une piscine dans la discothèque.

4. Ferien

Compétence : Raconter ses vacances, dire où l'on était

Elena und Ylias sprechen über ihre Ferien.

ELENA: Wo warst du in den Ferien?

YLIAS: Auf einem internationalen Ferienlager, an der Ostsee.

ELENA: Wie ich letztes Jahr. Na, das Wetter war schlecht oder?

YLIAS: Überhaupt nicht. Wir hatten die ganze Zeit nur Sonne und blauen Himmel.

ELENA: Du machst Witze oder?

YLIAS: Nein. Und du? Wohin bist du gefahren?

ELENA: In die Türkei, ans Mittelmeer.

YLIAS: Schade, dass ich dieses Jahr nicht hingefahren bin.

ELENA: Ja, aber es war kalt und es hat immer wieder geregnet.

YLIAS: Es kann nicht wahr sein!

ELENA: Nein! Ich mache Witze. Es waren traumhafte Ferien: das Wetter war herrlich, die Leute nett und die Landschaft toll. Nur du hast gefehlt.

TRADUCTION
Les vacances
Elena et Ylias parlent de leurs vacances.
ELENA : Où étais-tu pendant les vacances ?
YLIAS : Dans un camp de vacances international, au bord de la Baltique.
ELENA : Comme moi l'année dernière. Et alors, il n'a pas fait beau, non ?
YLIAS : Pas du tout. Nous avons eu le soleil et un ciel bleu tout le temps.
ELENA : Tu blagues non ?
YLIAS : Non. Et toi ? Où es-tu allée ?
ELENA : En Turquie, au bord de la Méditerranée.
YLIAS : C'est dommage que je n'y sois pas allé cette année.

ELENA : Oui, mais il a fait froid et il a plu presque tout le temps.
YLIAS : Ce n'est pas possible !
ELENA : Non, je plaisante, c'étaient des vacances merveilleuses : le temps était splendide, les gens gentils et le paysage magnifique. Il ne manquait que toi.

5. Hobbies

Compétence : Parler de ses hobbies

Mia und Sara unterhalten sich über ihre Brieffreundinnen aus Frankreich.

MIA: Guck! Meine Brieffreundin hat mir ein Foto geschickt.

SARA: Oh! Sie hat ein Pferd!

MIA: Ja, Eleonore hat auch einen Papagei und einen Hund.

SARA: Sie ist ganz hübsch. Meine heißt Jade, sie wohnt in Toulouse und hat eine Katze. Kommt Eleonore auch aus Toulouse?

MIA: Nein, sie wohnt in Toulon.

SARA: Kann Eleonore reiten?

MIA: Ja, sie hat geschrieben, sie reitet und tanzt auch Hip Hop.

SARA: Jade macht Karate und spielt Gitarre.

MIA: Toll, du singst, ich spiele Schlagzeug, Jade spielt Gitarre, Eleonore tanzt Hip Hop, wir können eine Band gründen.

SARA: Wie heißt dann die Band?

MIA: TNT.

SARA: Du meinst Dynamit?

MIA: Nein, T für Toulouse und Toulon und N für Nürnberg.

TRADUCTION
Hobbies
Mia et Sara parlent de leurs correspondantes françaises.
MIA : Regarde ! Ma correspondante m'a envoyé une photo.
SARA : Oh ! Elle a un cheval !
MIA : Oui, Éléonore a aussi un perroquet et un chien.
SARA : Elle est vraiment jolie. La mienne s'appelle Jade, habite Toulouse et a un chat. Éléonore habite à Toulouse aussi ?
MIA : Non, elle habite Toulon.
SARA : Est-ce qu'Éléonore sait faire du cheval ?
MIA : Oui, elle a écrit qu'elle fait du cheval et danse le hip hop.
SARA : Jade fait du karaté et joue de la guitare.
MIA : Super ! Tu chantes, je joue de la batterie, Jade joue de la guitare, Éléonore danse le hip hop, nous pouvons créer un groupe.
SARA : Comment s'appellera notre groupe ?
MIA : « TNT ».
SARA : Tu veux dire « Dynamite » ?
MIA : Non, T pour Toulouse et Toulon et N pour Nürnberg.

6. Treffen

Compétence : Se donner rendez-vous

Am Telefon. Lena und Marion aus Köln wollen sich verabreden. Das Telefon klingelt.

LENA: Lena Neumann.

MARION: Hallo, Lena! Marion am Telefon.

LENA: Hi, Marion. Wie geht's denn so?

MARION: Danke, gut! Willst du heute Nachmittag mit mir shoppen gehen?

LENA: Heute Nachmittag? Das geht leider nicht. Um drei muss ich zum Zahnarzt, dann muss ich noch die Deutscharbeit für morgen schreiben.

MARION: Wie wär's dann am Samstag?

LENA: Am Samstag? Ja, ok! Um wie viel Uhr treffen wir uns?

MARION: So gegen 4 Uhr?

LENA: Ja, oder etwas früher. Um 3? So haben wir noch Zeit und können danach schwimmen gehen.

MARION: Super! Und wo treffen wir uns?

LENA: Vor dem Kiosk am Dom?

MARION: Ich schlage vor, wir treffen uns vor dem Eiscafé Venezia. Dann können wir zuerst ein Eis essen.

LENA: Abgemacht! Ein Eis... da sage ich nie nein! Auf Wiederhören Marion!

MARION: Auf Wiederhören, Lena. Und bis Samstag!

TRADUCTION
Rendez-vous
Au téléphone. Lena et Marion se donnent rendez-vous. Le téléphone sonne.
LENA : Lena Neumann.
MARION : Salut, Lena. C'est Marion.
LENA : Salut, Marion. Comment ça va ?
MARION : Bien, merci. Tu veux venir avec moi cet après-midi pour faire du shopping ?
LENA : Cet après-midi ? Je ne peux malheureusement pas. À trois heures je dois aller chez le dentiste et après je dois encore faire mon devoir d'allemand pour demain.

MARION : Et samedi ?
LENA : Samedi ? Oui, ok ! À quelle heure ?
MARION : Vers 4 heures ?
LENA : Oui, ou un peu plus tôt. À 3 heures ? Comme ça, on aura encore du temps et on pourra aller à la piscine après.
MARION : Super! Et où se retrouve-t-on ?
LENA : Devant le kiosque, à la cathédrale ?
MARION : Je propose qu'on se retrouve devant le glacier Venezia. On pourra commencer par manger une glace.
LENA : D'accord ! Une glace... je ne dis jamais non ! Salut, Marion !
MARION : Salut Lena et à samedi !

7. Traumstadt

Compétence : Caractériser, comparer

Jan und Theo aus Bonn diskutieren über die ideale Stadt.

JAN: Willst du auch später in Bonn leben?

THEO: In Bonn? Sicher nicht! Die Stadt ist mir zu klein und zu ruhig! Ich möchte lieber in Köln leben.

JAN: Bonn ist doch viel cooler und viel grüner als Köln!

THEO: Das schon, aber Köln ist auch sehr grün und dort ist immer was los!

JAN: Da hast du Recht.

THEO: Aber am liebsten möchte ich in Berlin leben. Florian, mein bester Freund, wohnt in Berlin und findet die Stadt einfach genial.

JAN: So genial wie Köln?

THEO: Na, anders. Vielleicht noch toller! Am schönsten ist der Potsdamer Platz. Tolle Kinos gibt es dort!

JAN: Na ja, ich bleibe lieber in der alten Hauptstadt. Hier in Bonn ist das Leben nicht so stressig wie in Berlin.

THEO: Super! Dann kann ich dich besuchen, wenn ich total gestresst bin!

TRADUCTION

Ville de rêve

Jan et Theo de Bonn discutent de la ville idéale.

JAN : Et tu veux vivre aussi à Bonn plus tard ?
THEO : À Bonn sûrement pas ! Pour moi, la ville est trop petite et trop calme ! Je préférerais vivre à Cologne.
JAN : Bonn est pourtant plus cool et beaucoup plus verte que Cologne.
THEO : C'est sûr, mais Cologne est verte aussi et, là-bas, il se passe toujours quelque chose !
JAN : Là, tu as raison.
THEO : Mais j'aimerais encore mieux vivre à Berlin. Florian, mon meilleur ami, vit à Berlin et trouve la ville tout simplement géniale.
JAN : Aussi géniale que Cologne ?
THEO : Différente. Peut-être encore plus formidable ! Le top, c'est la place de Potsdam. Là-bas, il y a des cinémas super !
JAN : Eh bien, moi, je préfère rester dans l'ancienne capitale. Ici, à Bonn, la vie n'est pas aussi stressante qu'à Berlin.
THEO : Super ! Je pourrai te rendre visite quand je serai complètement stressé.

3 **Observe les terminaisons du verbe et complète avec le ou les pronom(s) personnel(s) correspondant(s).**

1. .... fahren im Sommer nach Deutschland.
2. .... sieht gern fern.
3. Sprichst .... deutsch?
4. .... sprecht zu leise.

SCORE ..../4

> **COUP DE POUCE**
> Au pluriel du présent de l'indicatif, la conjugaison des verbes forts est régulière.

4 **Conjugue le verbe entre parenthèses à la personne qui convient.**

1. (fahren) .... ihr nach Deutschland?
2. (geben) .... du mir die CD?
3. Peter (nehmen) .... das Fahrrad.
4. Sie (sprechen) .... gut deutsch.

SCORE ..../4

> **COUP DE POUCE**
> Le -e du radical des verbes forts devient aux 2e et 3e personnes du singulier :
> soit -i : *nehmen* → *du nimmst* ;
> soit -ie : *sehen* → *er sieht*.

Verbes faibles et forts : particularités

- Quand le radical du verbe se termine par ***d***, ***t***, ***chn***, ***fn*** ou ***gn***, on ajoute à la deuxième et troisième personne du singulier ainsi qu'à la deuxième personne du pluriel **un *e* intercalaire**.

  arbeiten, travailler : *ich arbeite, du arbeit**e**st, er/sie/es arbeit**e**t, wir arbeiten, ihr arbeit**e**t, sie/Sie arbeiten.*

- Cependant, il existe quelques exceptions à cette règle :

  halten, tenir : *du hältst, er/sie/es hält, ihr haltet*
  einladen, inviter : *du lädst ein, er/sie/es lädt ein, ihr ladet ein*

- Pour éviter l'accumulation de ***s*** dans les verbes dont le radical se termine par ***s*** ou ***z***, on ajoute, à la place de ***st***, **un simple *t* à la deuxième personne du singulier**.

  lesen, lire : *du lies**t**, er/sie/es liest* • ***tanzen***, danser : *du tanz**t**, er/sie/es tanzt*
  heißen, s'appeler : *du heiß**t**, er/sie/es heißt* • ***essen***, manger : *du iss**t**, er/sie/es isst*

5 **Conjugue les verbes entre parenthèses à la forme qui convient.**

Im Schwimmbad. Claudia und Peter machen Bekanntschaft.

PETER. – Wie (heißen) .... du?

CLAUDIA. – Claudia, und du?

PETER. – Was (lesen) .... du denn da?

CLAUDIA. – Einen Comic.

PETER. – (essen) .... du gern Eis?

CLAUDIA. – Wieso?

PETER. – Ich kenne da eine coole Eisdiele.

CLAUDIA. – (laden) .... du mich ein?

PETER. – Klar!

CLAUDIA. – (fahren) .... wir mit deinem Roller?

PETER. – Das (gehen) .... nicht, ich habe keinen Helm für dich!

CLAUDIA. – Schade!

SCORE ..../6

> **COUP DE POUCE**
> Un seul des verbes est régulier.

Corrigés p. 9-10

TOTAL ..../ 22

15 Le présent : verbes à particule

Généralités

- Certains verbes peuvent être accompagnés d'une **particule qui modifie leur sens**.

  gehen, aller → ***aus**gehen*, sortir
  stehen, être debout → ***auf**stehen*, se lever

- À l'infinitif et dans une proposition subordonnée, le verbe et la particule s'écrivent **en un seul mot**.

  *Claudia will heute abend **ausgehen**.* Claudia veut sortir ce soir.
  *Ihre Mutter will nicht, dass sie **ausgeht**.* Sa mère ne veut pas qu'elle sorte.

- Dans une proposition autonome, la particule se trouve **à la fin**.

  *Sabine, kommst du **mit**?* Sabine, tu viens avec nous ?

- Ces verbes à particule s'appellent aussi des **verbes à préverbe séparable**.

★ 1 Forme des phrases au présent de l'indicatif.

1. Ich – nicht **mit**spielen: ....
2. Nora – den ganzen Tag **fern**sehen: ....
3. David – heute auf seine Schwester **auf**passen: ....
4. Vera und Anton – ihren Eltern nicht **zu**hören: ....
5. Jasmin – der alten Dame die Tür **auf**halten: ....

SCORE ..../5

INFO
- *fernsehen*: regarder la télévision
- *auf jdn aufpassen*: surveiller quelqu'un
- *zuhören*: écouter

★★ 2 Souligne les huit verbes à particule dans le texte suivant et note leurs infinitifs sous les vignettes correspondantes.

Thomas steht um 7 Uhr auf. Dann duscht er und zieht sich an. Um Viertel nach sieben frühstückt er. Nach dem Frühstück geht er weg. Von 8 bis 12 Uhr 30 arbeitet er. Dann geht er heim, isst zu Mittag, sieht fern, ruft Freunde an, bereitet sich auf die Klassenarbeit vor und isst Abendbrot. Um 21 Uhr schläft Thomas ein. Was für ein Leben!

....

ATTENTION
Le préverbe placé à la fin de la phrase peut modifier complètement la signification du verbe. Il faut donc lire une phrase jusqu'au bout pour être certain de bien saisir son sens.

....

SCORE ..../8

3 **Complète ce dialogue au téléphone en conjugant les verbes entre parenthèses.**

CLAUDIA. – Uwe, ...? (mitkommen)

UWE. – Wohin?

CLAUDIA. – Ins Kino.

UWE. – Wann ....? (anfangen / der Film)

CLAUDIA. – Um 20 Uhr.

UWE. – Ich weiß noch nicht. Ich .... (anrufen / dich).

CLAUDIA. – Aber nicht vor 17 Uhr. Ich will nämlich .... (fernsehen).

UWE. – Ich will lieber .... (Rad fahren).

CLAUDIA. – Gute Idee! Ich komme auch!

SCORE ..../5

COUP DE POUCE
L'expression *Rad fahren* fonctionne comme un verbe à préverbe.

Le sens des particules (préverbes séparables)

- Les préverbes séparables sont toujours **accentués** et porteurs d'une signification :
  - ***an*** exprime l'approche (***an****kommen* : arriver), le début (***an****fangen* : commencer) ou le contact (***an****ziehen* : mettre un vêtement) ;
  - ***auf*** exprime la direction vers le haut (***auf****stehen* : se lever) ou l'ouverture (***auf****machen* : ouvrir) ;
  - ***aus*** exprime la sortie (***aus****gehen* : sortir) ;
  - ***mit*** exprime l'accompagnement (***mit****kommen* : accompagner, ***mit****bringen* : apporter) et le partage (***mit****machen* : participer) ;
  - ***weg*** exprime l'éloignement (***weg****fahren* : partir) ;
  - ***zurück*** exprime l'idée de retour (***zurück****kommen* : rentrer).

4 **Traduis.**

1. Est-ce que Benjamin t'accompagne ? ....
2. Qu'est-ce que tu apportes ? ....
3. Qu'est-ce que tu mets ce soir ? ....
4. À quelle heure rentres-tu demain ? ....

SCORE ..../4

COUP DE POUCE
Deux verbes sont formés avec le préverbe *mit*.

Corrigés p. 10

TOTAL ..../ 22

LE GROUPE VERBAL

16 Les verbes de modalité et *wissen*

Généralités

- Un verbe de modalité **modifie le sens du verbe** qu'il accompagne.

  Ich verreise. Je pars en voyage.
  Ich möchte verreisen. Je voudrais partir en voyage.
  Ich muss verreisen. Il faut que je parte en voyage.

- Le verbe complément est à l'infinitif. Il peut avoir lui-même un complément. L'ensemble – complément et infinitif – s'appelle le **groupe infinitif** et est le dernier élément dans la phrase autonome.

  Er ***will*** *heute Abend* ***ins Kino gehen****.* Il veut aller au cinéma ce soir.
  (ins Kino gehen : groupe infinitif)

- Au singulier du présent de l'indicatif, la voyelle du radical des verbes de modalité change (sauf pour *sollen*) : *wollen* → *ich will*, je veux.
  La première et la troisième personnes du singulier n'ont **pas de terminaison**.
  ich will Ø, er / sie / es will Ø

1 **Observe la conjugaison du verbe *wollen* et complète le tableau.**

	wollen	mögen	dürfen	müssen	können	sollen
ich	will	mag	....	muss	....	soll
du	willst	....	....	....	kannst	....
er, sie, es	will	....	darf	....	....	....
wir	wollen	mögen	....	....	....	....
ihr	wollt	....	dürft	....	....	....
sie, Sie	wollen	....	....	....	können	....

SCORE .... /22

COUP DE POUCE
Au pluriel, la conjugaison des verbes de modalité est régulière.

Le sens des verbes de modalité

- ***Können*** exprime la capacité physique ou intellectuelle.

  Dieses Pferd ***kann*** *sehr hoch springen.* Ce cheval peut sauter très haut.
  Das Kind ***kann*** *lesen.* L'enfant sait lire.

- ***Dürfen*** signifie « avoir le droit, l'autorisation de ».

  Darfst *du abends fernsehen?* As-tu le droit de regarder la télévision le soir ?

  Dans une phrase négative ***dürfen*** exprime l'interdiction.

  Du ***darfst*** *hier* ***nicht*** *parken.* Tu n'as pas le droit de te garer ici.

- ***Müssen*** exprime l'obligation. On le traduit parfois par « il faut que ».

  Die Ampel zeigt Rot, ich ***muss*** *warten.* Le feu est rouge, je dois attendre.

- ***Sollen*** exprime le devoir.

  *Du **sollst** deiner Mutter helfen!* Tu dois aider ta mère.
  ***Soll** ich einkaufen?* Est-ce que tu veux que je fasse les courses ?

- ***Mögen*** signifie « aimer bien ».

  *Er **mag** dich.* Il t'aime bien.

  Pour exprimer un souhait, il faut utiliser la forme ***er möchte*** (subjonctif II présent).
  Mögen au subjonctif II présent : *ich möchte, du möchtest, er / sie / es möchte wir möchten, ihr möchtet, sie / Sie möchten.*

  *Peter **möchte** einen Hund haben.* Peter voudrait avoir un chien.

- ***Wollen*** exprime la volonté.

  *Claudia **will** studieren.* Claudia veut faire des études.

2 **Dans ce dialogue, emploie *können, dürfen, sollen, wollen* et *müssen*.**

– Kommst du heute Nachmittag mit? Wir .... ins Kino.

– Heute Nachmittag .... ich nicht. Ich .... mit meiner Mutter einkaufen.

– Und heute Abend? – Ich .... nicht nach 20 Uhr ausgehen.

SCORE ..../4

ATTENTION
L'allemand fait la différence entre capacité et autorisation.
Capacité : *Der kleine Theo kann schon laufen.* Le petit Théo peut (sait) déjà marcher.

3 **Selon le sens, emploie *mögen* au présent de l'indicatif ou du subjonctif II.**

1. – Was .... Sie ? – Ein Stück Apfelkuchen, bitte.
2. – Sag mal, laden wir Klaus auf die Party ein?

   – Bitte nicht, ich .... ihn nicht.
3. – .... du noch etwas essen? – Nein danke, ich bin satt.

SCORE ..../3

COUP DE POUCE
Demande-toi s'il s'agit de l'expression d'un souhait et d'un goût.

Le présent de l'indicatif de *wissen*

- La conjugaison du verbe ***wissen*** est identique à celle des verbes de modalité.
  Son radical est différent de celui de l'infinitif aux trois personnes du singulier.

  *ich **weiß**, du **weißt**, er / sie / es **weiß***
  wir wissen, ihr wisst, sie / Sie wissen

4 **Complète les phrases suivantes avec le verbe *wissen* conjugué.**

1. .... ihr was? Wir bekommen hitzefrei!
2. .... Sie, wann der Bus abfährt?
3. Nein, das .... ich nicht.

SCORE ..../3

INFO
hitzefrei bekommen: quand il fait très chaud, les élèves allemands rentrent plus tôt
abfahren: partir

Corrigés p. 10-11

TOTAL ..../ 32

LE GROUPE VERBAL

17 Le prétérit

La conjugaison de *haben*, *sein* et *werden* au prétérit

	haben	sein	werden
ich	hat-**te**-ø	**war**-ø	**wurd**-e-ø
du	hat-**te**-st	**war**-st	**wurd**-e-st
er, sie, es	hat-**te**-ø	**war**-ø	**wurd**-e-ø
wir	hat-**te**-n	**war**-en	**wurd**-e-n
ihr	hat-**te**-t	**war**-t	**wurd**-e-t
sie, Sie	hat-**te**-n	**war**-en	**wurd**-e-n

1 Conjugue le verbe entre parenthèses au prétérit.

1. Wo .... (sein) du gestern?
2. Ich .... (haben) Besuch.
3. Plötzlich .... (werden) Eva still.
4. Vielleicht .... (haben) sie Angst.
5. .... (sein) ihr auch in Deutschland?
6. Warum .... (sein) Sie nicht da?

SCORE ..../6

COUP DE POUCE
Au singulier, comme au pluriel, on a la même forme à la 1re et et à la 3e personne.

Le prétérit des verbes de modalité

- Le prétérit des verbes de modalité se forme à partir du radical de l'infinitif (sans inflexion) auquel on rajoute le suffixe *-te* et les terminaisons *-ø*, *-st*, *-ø*, *-n*, *-t*, *-n*.

wollen : ***ich woll-te-ø***, je voulais
müssen : ***du muss-te-st***, tu devais

2 Observe la conjugaison du verbe *wollen* et complète les tableaux.

	wollen	dürfen	können
ich	woll-te-ø	....	konn-te-ø
du	woll-te-st	....	....
er, sie, es	woll-te-ø	durf-te-ø	....
wir	woll-te-n	....	....
ihr	woll-te-t	....	....
sie, Sie	woll-te-n	....	....

INFO
Les verbes de modalité perdent l'inflexion au prétérit.

	mögen	müssen	sollen
ich	moch-te-ø	....	....
du	....	....	soll-te-st
er, sie, es	....	....	....
wir	moch-te-n	....	....
ihr	....	....	....
sie, Sie	....	muss-te-n	....

SCORE ..../24

3 Benjamin décrit son séjour à Francfort à son ami Tom. Conjugue le verbe de modalité entre parenthèses au prétérit de l'indicatif.

Hallo Tom ! Am Montag .... wir in eine deutsche Schule gehen. (müssen) Ich .... so ein Pech! (haben) Mein Lehrer sagte auf einmal, ich .... über das französische Schulsystem sprechen. (sollen) Ich .... aber nicht. (wollen) Zum Glück .... die deutsche Französischlehrerin eine bessere Idee. (haben) Wir .... mit den deutschen Schülern in den Park gehen. (dürfen) Alle .... froh (sein) und ich besonders, denn ich .... mit einer sehr hübschen Schülerin reden. (können) Ich glaube, sie .... mich auch. (mögen) Bis bald, Dein Benjamin

SCORE ..../9

ATTENTION Dans un récit au passé, l'emploi des verbes de modalité est très fréquent. Il est donc indispensable d'avoir mémorisé le prétérit de ces verbes.

Le prétérit de *wissen*

- Le verbe *wissen* a les mêmes terminaisons que les verbes de modalité, mais il présente au prétérit un changement de voyelle du radical.

  wissen : ***ich wuss-te-ø***, je savais

4 Complète la conjugaison du verbe *wissen* au prétérit de l'indicatif.

ich wuss-te-ø | er, sie, es .... | ihr ....

du .... | wir .... | sie, Sie ....

SCORE ..../5

5 Conjugue le verbe *wissen* au prétérit.

1. .... du, dass Deutschland 83,2 Millionen Einwohner hat?
2. Er .... nicht, dass die Farben der deutschen Fahne Schwarz, Gold und Rot sind.
3. Wir .... aber, dass Deutschland sechzehn Bundesländer hat.
4. Ich .... auch, dass Bonn die Hauptstadt von der Bundesrepublik war.

SCORE ..../4

ATTENTION Au prétérit, le verbe *wissen* change de voyelle de radical (comme un verbe fort), mais a les terminaisons d'un verbe faible.

Corrigés p. 11

TOTAL ..../ 48

LE GROUPE VERBAL

18 Le parfait

Généralités

- Le parfait est un temps composé du passé. Il comprend un **auxiliaire** (*haben* ou *sein*) qui se conjugue au présent, et le participe II qui est invariable.
- Pour former le **participe II** :
  - des verbes faibles : on ajoute le préfixe ***ge***- et la terminaison ***-t*** au radical de l'infinitif ;
    *mach**en** → **ge**mach**t**,* fait *arbeit**en** → **ge**arbeit**et**,* travaillé
  - des verbes forts : on ajoute le préfixe ***ge***- et la terminaison ***-en*** au radical du verbe.
    *komm**en** → **ge**komm**en**,* venu
- Si le verbe est à particule séparable, celle-ci se place, au parfait, devant le préfixe ***ge***-.
  mit**mach**en**: ich mache **mit (je participe) / *ich habe mit**ge**macht* (j'ai participé)
  weg**fahr**en**: ich fahre **weg (je pars) / *ich bin weg**ge**fahren* (je suis parti(e))
- N'ont pas de préfixe ***ge***- les verbes qui ne sont pas accentués sur la première syllabe.
  - Ils commencent par ***be, emp, ent, er, ge, miß, ver*** et ***zer*** ;
    ***be**such**en** → **be**such**t**,* rendu visite ***ver**gess**en** → ver**gess**en**,* oublié
  - ou ils se terminent par *-**ieren***.
    *telefon**ieren** → telefonier**t**,* téléphoné
- Le radical des verbes forts peut subir un changement de voyelle. C'est pourquoi, il faut apprendre le participe II des verbes forts par cœur.
  *helf**en** → geh**o**lfen,* aidé

★ 1 Indique s'il s'agit d'un verbe faible (fa) ou fort (fo).

1. geblieben: (.......) 3. gelesen: (.......)
2. gesurft: (.......) 4. trainiert: (.......)

SCORE ..../4

★ 2 Forme le participe II des verbes faibles suivants. La syllabe accentuée est soulignée.

1. besuchen: .... 2. mitspielen: .... 3. diskutieren: ....

SCORE ..../3

★★ 3 Forme le participe II des verbes forts suivants.

1. wegfahren: .... 3. geben: ....
2. sprechen: .... 4. treffen: ....

SCORE ..../4

COUP DE POUCE

- Le participe II *trainiert* n'est pas précédé de *ge-* car le verbe *trainieren* est d'origine latine et n'est donc pas accentué sur la première syllabe.
- Le préverbe séparable *mit* étant accentué, *ge-* se place entre le préverbe et le radical du verbe.
- La voyelle du radical des verbes *sprechen* et *treffen* est *o* au parfait.

Choix de l'auxiliaire et place du participe II

- La plupart des verbes forment leur parfait avec l'auxiliaire ***haben***.
  *lesen : Ich **habe** das Buch **gelesen**.* J'ai lu le livre.
- Le parfait des verbes intransitifs (qui n'ont pas de complément d'objet) exprimant un changement de lieu se forme avec l'auxiliaire ***sein***.
  *fahren : Ich **bin** nach Deutschland **gefahren**.* Je suis allé en Allemagne.

- Quelques autres verbes forment leur parfait également avec ***sein***.

  bleiben : Ich ***bin*** *lange* ***geblieben***. Je suis resté longtemps.
  sein : Ich ***bin*** *dort* ***gewesen***. J'y ai été.
  werden : Ich ***bin*** *Arzt* ***geworden***. Je suis devenu médecin.

- Dans une proposition indépendante, le participe II se place **en dernière position**.

  Ist er heute ***gekommen****?* Est-il venu aujourd'hui ?

- Dans une proposition subordonnée, le participe II se place juste **avant l'auxiliaire**.

  Sie sagt, dass er heute ***gekommen*** *ist.* Elle dit qu'il est venu aujourd'hui.

4 ***Haben* ou *sein* ? Complète par l'auxiliaire qui convient et conjugue-le.**

1. .... er Brot gekauft?
2. .... du mit dem Rad gekommen?
3. Wie .... ihr gefahren, mit der U-Bahn?
4. Wir .... eine tolle Fete organisiert.
5. Wo .... denn Susanne geblieben?
6. Die Kinder .... sehr nett gewesen.

SCORE .... /6

ATTENTION
Les verbes forts qui expriment un changement de lieu forment le parfait avec l'auxiliaire *sein*.

5 **Réécris ces phrases en mettant les verbes en italique au parfait.**

1. Er *wird* 12. ....
2. *Bist* du krank? ....
3. Sie *hören* sich den MP3-Player *an*. ....
4. Wann *besuchst* du ihn? ....
5. Ich denke, dass die Austauschschüler *sich freuen*. ....
....
6. Sie fragt, warum sie so früh *weggehen*. ....

SCORE .... /6

COUP DE POUCE
Phrases 5 et 6 : soit attentif à la place de l'auxiliaire dans la proposition subordonnée.

6 **Regarde ce programme de voyage et continue son récit au parfait. Aide-toi de la liste des verbes forts en fin de cahier.**

Montag: Die Gastfamilien empfangen uns.
Dienstag: Wir besichtigen den historischen Stadtteil Ostberlins.
Mittwoch: Wir fahren nach Potsdam. Da picknicken wir im Park.
Donnerstag: Wir machen einen Stadtbummel auf dem Ku-Damm.
Da kaufen wir Geschenke für unsere Familien.
Freitag: Wir fahren ganz früh nach Hause zurück.

Am Montag haben uns ....
....
....
....
....

SCORE .... /7

ATTENTION
• Le verbe *fahren* forme son parfait avec l'auxiliaire *sein*.
• *der Ku-Damm* : avenue à Berlin-Ouest, comparable aux Champs Élysées à Paris.

Corrigés p. 11-12

TOTAL .... / 30

LE GROUPE VERBAL

19 Futur et passif présent avec *werden*

La formation du futur

- Le futur de l'indicatif d'un verbe se forme avec l'auxiliaire ***werden*** conjugué au présent et **l'infinitif du verbe.**

  *Er **wird kommen**.* Il viendra.

- Dans la proposition autonome, l'infinitif est le dernier élément de la phrase.

  *Wann wird er **kommen**?* Quand viendra-t-il ?

- Dans la proposition subordonnée, l'infinitif se place devant l'auxiliaire *werden* conjugué.

  *Ich frage mich, wann er **kommen wird**.* Je me demande quand il viendra.

- Le présent de l'indicatif de *werden* : *ich werde, du wirst, er / sie / es wird, wir werden, ihr werdet, sie / Sie werden.*

1 Réécris les phrases suivantes en conjuguant les verbes en italique au futur.

ATTENTION
Il y a un préverbe séparable dans la phrase 2.

1. Glaubt ihr, dass es klappt?

....

2. Siehst du in den Ferien fern?

....

3. Nächstes Jahr macht Birgit Abitur.

....

SCORE ..../3

2 Formule à partir des groupes infinitifs ce que la voyante prédit à Véra.

ATTENTION
Ausüben est un verbe à préverbe séparable.

1. Du: in einem schönen Haus mit Garten wohnen
2. Du: einen netten Mann heiraten
3. Du und dein Mann: einen tollen Beruf in der Designerbranche ausüben
4. Ihr: einen Jungen und ein Mädchen bekommen

1. In 15 Jahren ....
2. ....
3. ....
4. ....

SCORE ..../4

La formation du passif

- Le passif présent est formé avec l'auxiliaire ***werden*** conjugué au présent et **le participe II** qui se place en fin de phrase.

  *Die Zeitung **wird** jeden Morgen **geliefert**.* Le journal est livré tous les matins.

3 Conjugue *werden* à la personne voulue pour exprimer le passif.

1. Die französischen Schüler .... von den deutschen Gastfamilien empfangen. • **2.** Sie .... am Bahnhof abgeholt. • **3.** Das Theaterstück .... am Mittwoch gespielt. • **4.** Die Briefe .... kurz vor der Abreise (*juste avant le départ*) abgeschickt.

SCORE .... /4

> **COUP DE POUCE**
> Le complément d'agent est introduit par la préposition von.

4 Le règlement de l'auberge de jeunesse. À partir des éléments donnés, formule des énoncés au passif.

1. Vor dem Duschen – die Betten machen

....

2. Jeden Morgen – den Frühstückstisch decken

....

3. Um 18 Uhr 30 – das Abendbrot servieren

....

4. Um 22 Uhr – das Licht ausmachen

....

SCORE .... /4

> **COUP DE POUCE**
> Le groupe nominal à l'accusatif devient sujet, il faut donc utiliser le nominatif.

Le passif pour exprimer une action collective

- Le passif n'a pas toujours un sujet grammatical. Il correspond souvent à l'emploi du *on* français. Il est alors employé à la troisième personne et représente une action collective.

  Heute abend ***wird getanzt.*** Ce soir on danse.

5 En t'aidant des dessins, complète les phrases pour exprimer une action collective.

1. Heute ....

....

2. Jetzt ....

....

3. Im Museum ....

....

SCORE .... /3

> **ATTENTION**
> Les participes du verbe *singen* (chanter) et du verbe *schlafen* (dormir) sont *gesungen* et *geschlafen*.

Corrigés p. 12

TOTAL .... / 18

LE GROUPE VERBAL

20 Le mode impératif

Généralités et formation

- Le mode impératif sert à donner **un ordre ou un conseil** à une ou plusieurs personnes.
- Il se forme à partir du radical du verbe.

	2e pers. du singulier	2e pers. du pluriel	Forme de politesse
sagen, *dire*	sag(**e**)!	sag**t**!	sag**en** Sie!

Remarques :

- La terminaison *-e* à la deuxième personne du singulier est souvent facultative. Elle est obligatoire pour les verbes dont le radical se termine par ***t, d, b*** ou ***p***.

  antwort-en: Antworte! Réponds ! *red-en: Rede!* Parle !

  Elle est impossible pour les verbes forts en ***e*** dont le radical se transforme en ***i*** ou ***ie*** à la deuxième personne du singulier.

  geb-en: Gib! Donne ! *les-en: Lies!* Lis !

- Note la présence du pronom personnel ***Sie*** à la forme de politesse.

- Attention, les verbes ***haben***, ***sein*** et ***werden*** ont une conjugaison irrégulière à l'impératif.

	2e pers. du singulier	2e pers. du pluriel	Forme de politesse
sein, *être*	sei!	sei**d**!	sei**en** Sie!
haben, *avoir*	hab(**e**)!	hab**t**!	hab**en** Sie!
werden, *devenir*	werd**e**!	werde**t**!	werd**en** Sie!

1 **Conjugue les verbes entre parenthèses à la personne qui convient.**

COUP DE POUCE
Observe bien à qui s'adresse l'injonction.

1. Die Mutter zu dem Kind: „............ nett!" (sein)
2. Die Verkäuferin zu dem Kunden (*le client*): „Bitte .... etwas Geduld!" (haben)
3. Der Lehrer zu den Schülern: „............ endlich mal vernünftig!" (werden)
4. Die Eltern zu ihrem kleinen Sohn: „............ dir die Zähne!" (putzen)
5. Die Mutter zu dem Kind: „............ schön!" (schlafen)

SCORE ..../5

La phrase injonctive

- Dans une phrase injonctive (avec le verbe à l'impératif), le verbe occupe obligatoirement la **première place**, la particule se place en dernière position et la phrase se termine par un point d'exclamation.

  ***Seid** endlich ruhig!*
  Taisez-vous enfin !
  Wirf** doch den Ball zu mir **zurück!
  Renvoie-moi donc la balle !

- Dans une phrase injonctive, on utilise fréquemment des adverbes comme ***bitte*** qui atténue la demande ou ***doch*** qui la souligne.

  *Sag mir **bitte** seinen Namen!* S'il te plaît, dis-moi son nom!
  *Ruf ihn **doch** an!* Mais téléphone lui!

2 **Conjugue les verbes suivants à la deuxième personne du singulier de l'impératif selon l'exemple.**

Ex. : *lauter sprechen* → *„**Sprich** lauter!"*

1. auf die Frage antworten ....
2. deiner Mutter helfen ....
3. aufpassen ....
4. keine Kaugummis essen ....

SCORE ..../4

ATTENTION
Aufpassen est un verbe à particule (préverbe séparable).

3 **Formule les conseils d'un médecin en utilisant l'impératif à la forme de politesse.**

1. jeden Tag spazieren gehen ....
2. sich nicht aufregen ....
3. abends wenig essen ....
4. Sport machen ....

SCORE ..../4

ATTENTION
Sich aufregen est un verbe à particule.

4 **Pauvre Charlotte! Formule les phrases sur le mode impératif.**

1. dein Zimmer aufräumen ....
2. die Musik leiser stellen ....
3. nicht immer schlecht gelaunt sein ....
4. mir helfen ....

SCORE ..../4

COUP DE POUCE
Deux verbes sont forts – *aufräumen* est un verbe à particule.

5 **Charlotte en a assez. Mets à l'impératif les verbes en italique et écris les cinq phrases sur l'affiche.**

1. vor dem Eintreten an die Tür *klopfen*
2. *warten*, bis ich die Tür aufmache
3. immer gut gelaunt *sein*
4. leise *sprechen*
5. nicht *vergessen*,

dass das MEIN ZIMMER ist

SCORE ..../5

COUP DE POUCE
Charlotte s'adresse à toute sa famille.

Corrigés p. 12-13

TOTAL .... / 22

21 L'ordre des mots : la phrase simple

La phrase déclarative

- Dans une phrase déclarative, le **verbe** conjugué se trouve en **deuxième position**. La première position peut être occupée par le sujet, un complément ou un adverbe.

  *Wir **sind** heute Nachmittag zu Hause.* Nous sommes chez nous cet après-midi.
  *Heute Nachmittag **sind** wir zu Hause.* Cet après-midi, nous sommes chez nous.

- **Attention**, les mots de liaison *und*, *aber*, *denn*, *oder*, *sondern* ainsi que *ja* et *nein* sont hors construction. *Sondern* marque une opposition à l'énoncé précédent qui est nié.

  *Kommt er ? – **Ja**, er kommt. **Aber** er kommt allein.*
  0 1 2 0 1 2

- Pour nier un énoncé dans sa totalité, on utilise la négation *nicht* qui se place devant le groupe verbal à l'infinitif.

  *zum Training kommen → **nicht** zum Training kommen*
  *Kommt ihr zum Training? → Nein, heute kommen wir **nicht** zum Training.*

★ 1 Réécris les phrases suivantes en commençant par l'élément en italique.

1. Wir schreiben *morgen* eine Klassenarbeit. ....
2. Ich bin *da*. ....
3. Sie sind *dann* ins Kino gegangen. ....
4. Ich mag *die blaue Hose* nicht. ....

SCORE ..../4

★ 2 Complète par l'un des mots de liaison ci-dessous.

und (*et*) – aber (*mais*) – denn (*car*) – oder (*ou*) – sondern (*mais*)

1. In den Ferien fahren wir nach Frankreich .... wir bleiben in Deutschland.
2. Heute geht er nicht zur Schule, ... er ist krank.
3. Peter, Klaus .... Barbara kommen bestimmt auf die Party.
4. Claudia möchte auch kommen, ... sie kann nicht.
5. Nicht sie .... ihr Bruder ist krank.

SCORE ..../5

ATTENTION
Lorsque les mots de liaison *und*, *aber*, *denn* ou *oder* relient des propositions entières, ils n'ont pas d'incidence sur la place des mots dans les phrases qu'ils relient.

★★ 3 Réponds aux questions à l'aide des dessins.

COUP DE POUCE
Tu utiliseras la négation *nicht*.

Darf man da parken?

....

....

Kann Peter Inline-Skates fahren?

....

....

Fahren sie nach Salzburg?

....

....

Ist Nadia in ihrem Zimmer?

....

....

SCORE .... /4

ATTENTION
Dans une phrase indépendante, la première place peut être occupée par le sujet, un adverbe ou un groupe nominal COD ou COI. Le verbe conjugué reste impérativement à la deuxième place.

La phrase interrogative

- Pour demander si un énoncé est vrai dans son ensemble, on emploie une phrase **interrogative globale**. La réponse attendue à ce type de question est *ja*, *nein*, ou un mot de sens voisin comme *vielleicht*, *natürlich*, *klar*, ou *unmöglich*. Le verbe conjugué d'une question globale se trouve **en première position**.

  ***Hast** du einen Bruder? **Ja**, er heißt Klaus.*
  As-tu un frère ? Oui, il s'appelle Klaus.

- Dans une phrase **interrogative partielle**, la question ne porte que sur un élément de l'énoncé. Le verbe se trouve **en deuxième position**. La première position est occupée par un mot interrogatif.

  ***Wann kommt** er? Er kommt morgen.*
  1 2
  Quand vient-il ? Il vient demain.

  ***Wie spät ist** es? Es ist 6 Uhr.*
  1 2
  Quelle heure est-il ? Il est six heures.

- On utilise ***doch*** pour donner une réponse affirmative à une question négative.

  *Magst du denn keine Schokolade? **Doch**, ich esse Schokolade sogar sehr gern.*
  Tu n'aimes donc pas le chocolat ? Si, j'aime beaucoup le chocolat.

4 Trouve les questions qui correspondent aux réponses suivantes.

ATTENTION
Toutes ces questions commencent par le verbe.

1. ....?

Ja, ich komme.

2. ....?

Natürlich, die Mädchen kommen mit.

3. ....?

Klar, wir freuen uns sehr!

4. ....? Unmöglich, ich bin noch nicht fertig.

5. ....? Doch, er kommt.

SCORE .... /5

Corrigés p. 13

Plus d'exercices sur www.hatier-entrainement.com

TOTAL .... / 18

22 La phrase interrogative partielle

Wer, wen, wem, was

La phrase interrogative partielle est introduite par un pronom interrogatif.
Tous les pronoms interrogatifs commencent par *w*.

- ***Wer*** est employé lorsque la question porte sur l'identité d'un sujet animé.

  ***Wer** kommt zur Party? Claudia und Klaus kommen.*
  Qui vient à la fête ? Claudia et Klaus viennent.

- ***Wen*** est employé lorsque la question porte sur un complément animé à l'accusatif.

  ***Wen** hast du besucht? Meinen Großvater.*
  À qui as-tu rendu visite ? À mon grand-père.

- ***Wem*** est employé lorsque la question porte sur un complément animé au datif (désignant le destinataire).

  ***Wem** willst du das Buch schenken? Meiner Schwester.*
  À qui veux-tu offrir le livre ? À ma sœur.

- ***Was*** est employé lorsque la question se rapporte à autre chose qu'un être vivant.

  ***Was** ist das? Ein Tisch.* (nominatif) Qu'est-ce que c'est ? Une table.

  ***Was** hast du deiner Schwester geschenkt? Ein Buch.* (accusatif)
  Qu'as-tu offert à ta sœur ? Un livre.

★ 1 *Wer, wen, wem, was?* Complète.

1. – .... ist das? – Das ist eine Vase.
2. – .... hast du zu Weihnachten bekommen? – Ein Mountainbike.
3. – .... ist das? – Das ist meine Schwester.
4. – .... willst du die Blumen schenken? – Meiner Mutter.
5. – .... haben sie eingeladen? – Die Freunde aus Deutschland.
6. – .... triffst du heute Abend? – Kasper.
7. – .... hast du das gesagt? – Deinem Bruder.

SCORE ..../7

COUP DE POUCE
Tu dois utiliser deux fois chacun de ces pronoms interrogatifs : *was, wen, wem*.

Wie, wie alt, wie viele, wie viel, wie lange, wie spät

- ***Wie*** interroge sur la manière.

  ***Wie** schreibt man das?* Comment ça s'écrit ?

- Il peut être associé à un adjectif.
  - ***Wie alt*** interroge sur l'âge.
  - ***Wie viele*** interroge sur le nombre et est suivi d'un pluriel.
  - ***Wie viel*** interroge sur la quantité et sur le prix.
  - ***Wie lange*** interroge sur la durée.
  - ***Wie spät*** interroge sur l'heure.

2 **Tu n'as pas bien compris. Complète les questions par *viel, lange, alt, spät* ou *viele*.**

1. – Wie .... ist sie? – 15.
2. – Wie .... dauert eine Schulstunde in Deutschland? – 45 Minuten.
3. – Wie .... CDs hat Claudia gestern gekauft? – Zwei.
4. – Wie .... Geld hat sie gewonnen? – 2000 €.
5. – Wie .... ist es? – 15 Uhr.

SCORE ..../5

ATTENTION
Viel prend la marque *-e* lorsque le nom qu'il détermine est au pluriel.

INFO
Il existe d'autres associations avec *wie* : *wie groß* interroge sur la taille, *wie hoch* sur la hauteur...

Welch-

- Aux adjectifs interrogatifs français « quel(s) », « quelle(s) », correspondent les interrogatifs allemands ***welcher, welche, welches***, qui se déclinent comme *der*.

	Masculin	Féminin	Neutre	Pluriel
Nominatif	welcher	welche	welches	welche
Accusatif	welchen	welche	welches	welche
Datif	welchem	welcher	welchem	welchen

- Le membre de phrase contenant ***welch-*** est toujours placé en tête d'une proposition indépendante.
  – ***Welche Note*** *hast du bekommen? – Eine drei.*
  – Quelle note as-tu obtenue ? – Trois.
  – ***In welcher Klasse*** *bist du? – In der 8. Klasse.*
  – Dans quelle classe es-tu ? – En huitième (l'équivalent de la 4e en France).

3 **Utilise *welch-*, pour poser une question portant sur l'élément écrit en italique.**

1. *In der 13. Klasse* macht ein deutscher Schüler Abitur.

....

2. *Erdbeer-Eis* ist Noras Lieblingseis.

....

3. *Der Schüler mit den roten Haaren* gefällt ihr besonders.

....

4. *Den schwarzen Pullover* will ich mir kaufen.

....

5. Ich nehme *den ICE* (correspond au TGV) *um 8 Uhr*.

....

6. Der kleine Tom spielt am liebsten *mit den Nachbarskindern* (les enfants des voisins).

....

SCORE ..../6

COUP DE POUCE
Observe la fonction de l'élément en italique, pour connaître le cas et la marque de *welch-* à employer.

Corrigés p. 13-14

TOTAL ..../ 18

23 L'expression du lieu : le locatif

Le complément locatif

- Le complément qui désigne le lieu où se situe l'action (**complément locatif**) dépend de verbes tels que *sein*, *wohnen*, *leben* ou *bleiben* et répond à la question ***wo***.

  Wo *wohnte Anne Frank? Sie wohnte in Frankfurt.*
  Où habitait Anne Frank ? Elle habitait à Francfort.

- Si le complément locatif est un nom propre de ville ou de pays sans article, il est introduit par la préposition ***in***.

  Wo lebst du? Ich lebe ***in*** *Frankreich.* Où vis-tu ? Je vis en France.

  Quand le nom de pays a un article, on utilise la préposition ***in*** suivie du datif.

  Im August war Peter ***in der Türkei***. Au mois d'août, Peter était en Turquie.

- Si le complément de lieu désigne une personne, on emploie la préposition ***bei*** suivie du datif.

  François wird ***bei seinem Freund*** *wohnen.* François habitera chez son ami.

  On contracte souvent ***bei + dem = beim***.

  Ich musste lange ***beim Arzt*** *warten.* J'ai dû attendre longtemps chez le médecin.

- À noter l'expression ***zu Hause***, *chez soi*. *Er bleibt* ***zu Hause***. Il reste chez lui.

- Si le complément est un nom commun, on utilise une préposition spatiale (voir le dessin ci-dessous) suivie du datif.

  Wir haben Peter ***vor dem Kino*** *getroffen.*
  Nous avons rencontré Peter devant le cinéma.

  On contracte souvent ***an + dem = am, in + dem = im...***

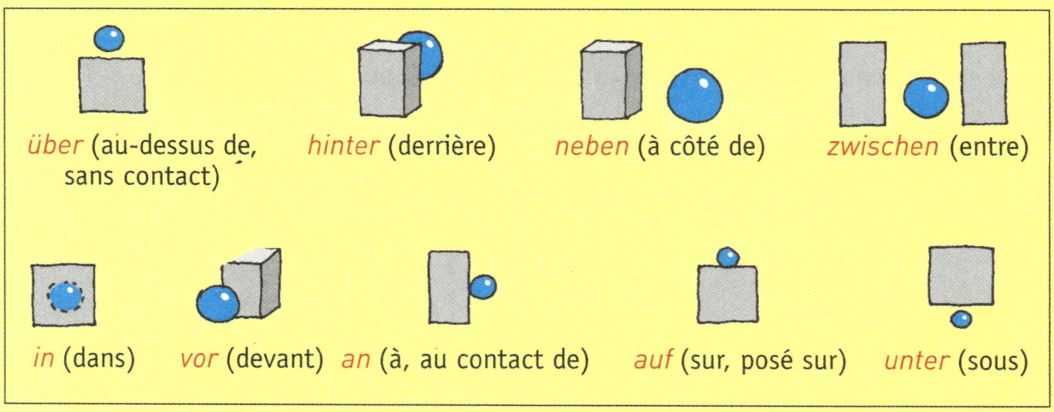

1 Entoure les numéros des phrases qui comportent un complément locatif.

1. Im Mai fahren die Schüler nach Berlin.
2. Bist du heute Nachmittag zu Hause?
3. Im Sommer bleibt Daniela bei ihren Großeltern.
4. Verbringen Sie Ihre Ferien wieder in der Türkei?
5. Anna ist heute spät nach Hause gekommen.

SCORE ..../5

COUP DE POUCE
Observe le verbe. Exprime-t-il un mouvement ou une relation locative ?

2 Complète les phrases suivantes par la bonne préposition et le déterminant au datif. Vérifie le genre des noms dans le lexique.

Der Lehrer hat seine Brille vergessen, er ist verwirrt und fragt seine Schüler:

1. – Wo ist denn meine Tasche? – Da, ... Schreibtisch.
2. – Und mein Notenbuch? – Da, ... Tasche.
3. – Ich finde die Klassenarbeiten nicht. – Da, ... Stuhl.
4. – Wo ist mein Füller? – Da, ... Aktenordner (*le classeur*).
5. – Ist Klaus heute nicht da? – Doch, er steht doch .... Direktor.

SCORE ..../10

COUP DE POUCE
Pour situer les objets, aide-toi du dessin représentant les prépositions spatiales.

3 Complète les phrases suivantes. Le cas échéant, contracte la préposition et l'article.

1. – Wo will François sein Praktikum machen? – Bei ein............ Tierarzt.
2. Bei .... Bäcker gab es keine Brötchen mehr.
3. – Wo sind denn Ihre Kinder? – .... Hause vor dem Fernseher.
4. Claudia kann gut englisch, sie hat ein Jahr in d........ USA verbracht.
5. Auf welch...... Gleis kommt der Zug aus München an?

SCORE ..../5

ATTENTION
• Il faut retenir l'expression *zu Hause* (chez soi).
• Souviens-toi que l'on peut contracter la préposition avec le déterminant.

4 Le jour de la rentrée. Complète les phrases suivantes.

– Wo warst du in den Ferien?

– ...... d...... Land (*à la campagne*), ... mein...... Großeltern.

– O je! War das nicht langweilig?

– Wieso? ...... ein...... Bauernhof (*dans une ferme*) ist viel los! Was hast du denn gemacht?

– Ich war ...... Meer ...... Kreta.

– War es nicht zu heiß?

– Schon, aber danach war ich ...... England, und da hat es nur geregnet.

– Nächstes Jahr will ich Kinder ...... ein...... Ferienlager (*dans un camp de vacances*) ...... d...... Alpen betreuen.

– Gute Idee! Wir können uns beide bewerben.

SCORE ..../13

COUP DE POUCE
La préposition *auf* désigne un contact avec une surface (un lieu ouvert).

Corrigés p. 14

TOTAL .... / 33

24 L'expression du lieu : le directif

Le complément directif

- Le complément qui exprime **le lieu où l'on va** (complément directif) dépend de verbes qui indiquent un déplacement tels que *fahren* ou *gehen*. Il répond à la question ***wohin***.
- Si le complément directif désigne un nom propre de ville ou de pays sans article, il est introduit par la préposition ***nach***.

  Wohin *fährt Pierre in den Ferien? Er fährt* ***nach*** *Deutschland.*
  Où va Pierre pendant les vacances ? Il va en Allemagne.
- Quand le nom de pays a un article, on utilise la préposition ***in*** suivie de l'accusatif.

  Im Sommer fahre ich ***in*** *die Türkei.*
  Cet été, je vais en Turquie.

★ 1 Complète par la préposition *nach* ou *in* (accusatif).

1. Ich möchte .... Rom fahren.
2. Wie hat dir die Reise .... Amerika gefallen?
3. Im Reisebüro: Möchten Sie .... Kanada oder .... d...... USA?
4. Wann fährt der Zug .... Berlin?
5. Fährt ihr wieder zum Skilaufen .... d...... Schweiz?

SCORE ..../8

ATTENTION
En général, les noms de pays n'ont pas d'article. Si le nom de pays a un article, on utilise la préposition *in* suivie de l'accusatif pour exprimer une relation directive.

Des prépositions spatiales suivies de l'accusatif

- Si le complément directif est un nom commun, on emploie les prépositions spatiales ***an***, ***auf***, ***hinter***, ***in***, ***neben***, ***über***, ***unter***, ***vor***, ou ***zwischen*** (voir dessin p. 50), qui sont alors suivies de l'**accusatif**.

  Sie geht ***in die Schule****.* Elle va à l'école.

  Dans le cas où le complément désigne une personne, on emploie la préposition ***zu*** suivie du datif.

  Ich muss jetzt ***ins Büro zu*** *meiner Chefin.*
  Il faut que j'aille maintenant au bureau auprès de ma supérieure.
- On contracte souvent : ***an + das = ans, auf + das = aufs, in + das = ins, zu + dem = zum*** et ***zu + der = zur***.

  Georg muss heute ***zum Zahnarzt****.*
  Aujourd'hui Georg doit aller chez le dentiste.
- À noter : l'expression ***nach Hause***, chez soi.

  Er geht ***nach Hause****.* Il rentre chez lui.

★★ 2 Complète par l'article défini et contracte la préposition et l'article si nécessaire.

1. Im Juli fahren wir an........ Meer.
2. Stell bitte die Gläser auf d...... Tisch!

COUP DE POUCE
Vérifie le genre des noms avant de compléter.

3. – Wohin soll ich das Poster hängen? – Über d...... Bett!

4. Sabine, geh bitte an d...... Tafel!

5. Heute Abend gehen wir in...... Kino.

SCORE ..../5

3 **Eva explique à un ami comment aller à la piscine. Complète par les prépositions et les marques, puis dessine le parcours.**

Du gehst zuerst .... rechts .... d...... Franz-Kafkastraße, dann .... links .... d...... Ingeborg-Bachmannstraße, dann geradeaus .... d...... Käte-Kollwitzplatz, da findest du das Brentano-Schwimmbad.

SCORE ..../8

4 **Locatif ou directif ? Complète par la préposition ou la terminaison qui convient.**

1. Petra wohnt seit Juli .... Paris.
2. Darf ich mich an....... Fenster setzen?
3. – Wie komme ich .... Klaus?
4. – Entschuldigen Sie! Wie komme ich bitte zu....... Post?
5. – Fährst du im Sommer zu dein....... Brieffreundin?

SCORE ..../5

COUP DE POUCE
Observe le verbe, il t'indique s'il s'agit d'une relation directive ou locative.

Le complément de provenance

- Le complément qui exprime le lieu d'où l'on vient, l'origine d'un mouvement ou d'un déplacement (complément de provenance) répond à la question ***woher***.
- Pour répondre à cette question, on emploie les prépositions ***aus*** (pour dire qu'on sort d'un lieu fermé, pour indiquer l'origine géographique) et ***von*** (dans les autres cas) suivies du datif.

__Woher__ kommt Claudia? Sie kommt __aus der Schule__. Sie kommt __aus Deutschland__.
D'où vient Claudia ? Elle vient de l'école. Elle est originaire d'Allemagne.

__Woher__ kommt er? Er kommt __vom Sport__.
D'où vient-il ? Il vient du sport (de l'entraînement sportif).

5 **Complète par la préposition *aus* ou *von*. Contracte la préposition et l'article si nécessaire.**

1. Steig bitte .... mein ...... Fahrrad!
2. Du sollst .... mein ...... Zimmer verschwinden (*disparaître de*)!
3. Peter kommt .... England.
4. Wir holen dich .... Bahnhof ab.
5. Im Sommer fährt Carlos .... Berlin nach Rom.

SCORE ..../7

COUP DE POUCE
La préposition *aus* est utilisée deux fois.

Corrigés p. 14-15

Plus d'exercices sur www.hatier-entrainement.com

TOTAL ..../ 33

LA PHRASE

25 Les adverbes de temps et de lieu

Les adverbes de temps

On peut exprimer quand et où a lieu une action à l'aide d'adverbes qui sont **invariables**.

- Pour indiquer quand a lieu une action avec un **datage précis,** on utilise des adverbes de temps tels que *heute*, aujourd'hui ; *morgen*, demain ; *gestern*, hier.
  Ceux-ci peuvent être associés à un nom : *heute Morgen*, ce matin ; *morgen Nachmittag*, demain après-midi ; *gestern Abend*, hier soir. Attention pour « demain matin » on dit *morgen früh*.
- Certains adverbes expriment **un datage indéterminé** : *bald*, bientôt ; *jetzt*, maintenant ; *gleich / sofort*, tout de suite ; *später*, plus tard.
- D'autres expriment :
  – **un ordre chronologique** : *zuerst*, d'abord ; *dann*, ensuite ; *schließlich*, finalement ;
  – **une fréquence** ou **une durée** : *immer*, toujours ; *oft*, souvent ; *manchmal*, parfois ; *selten*, rarement ; *nie*, jamais ; *lange*, longtemps.
- On peut former des adverbes à partir des noms désignant un moment de la journée, ils ont alors une **valeur de répétition** : *morgens*, tous les matins.

★ 1 Complète les phrases à l'aide des adverbes : *manchmal, immer, nie, selten, oft, sofort.*

1. – Anna, zum letzten Mal, das Essen ist fertig! – Ja Vati, ich komme ....
2. Das Wetter war .... schön; es hat nur ein einziges Mal geregnet.
3. In Afrika regnet es zu ....; das ist ein echtes Problem.
4. Armin muss viel Klavier üben; deshalb kann er .... nicht zum Chor kommen.
5. Ich sage .... die Wahrheit, ich lüge ....!

SCORE ..../6

INFO
La fréquence est exprimée par *nie, selten* et *immer* (dans l'ordre croissant).

★★ 2 Traduis ce dialogue entre Pia et son amie.

PIA. – On se voit demain ? ....

KATI. – Demain matin je ne peux pas. ....

PIA. – Alors demain après-midi au cinéma ? ....

KATI. – J'étais déjà hier soir au cinéma. ....

PIA. – Réfléchis et rappelle-moi plus tard. ....

SCORE ..../5

COUP DE POUCE
- déjà : *schon*
- réfléchir : *überlegen*
- rappeler : *zurückrufen* (verbe à particule séparable)

★★ 3 Décris ce que Nora doit faire avant son départ. Utilise des adverbes de temps qui expriment l'ordre chronologique.

1. Die Katze zu Jonas bringen. – 2. Die Digitalkamera aufladen. –
3. Den Rucksack packen. – 4. Oma anrufen. – 5. Mein Zimmer aufräumen.

1. ....
2. ....

COUP DE POUCE
Souviens-toi que la nécessité se traduit par *müssen*.

3. ....

4. ....

5. ....

SCORE ..../5

Les adverbes de lieu

- Pour donner une **indication spatiale**, on utilise :
  • des adverbes de lieu tels que *hier*, ici ; *da*, là ; *dort*, là-bas ; *links*, à gauche ; *rechts*, à droite ;
  • des adverbes qui correspondent aux prépositions spatiales : *unten*, en bas ; *oben*, en haut ; *vorn*, devant ; *hinten*, derrière.
- Pour exprimer une **relation directive,** on ajoute ***hin*** à certains adverbes : *dahin*, *dorthin*, *hierhin*.

  Geh nicht dorthin! Ne va pas là-bas !
- Attention : *Gehen Sie nach links / nach rechts!* Allez à gauche / à droite !

4 **Complète à l'aide des adverbes *dorthin, dort, dahin* et *hier* les dialogues suivants.**

COUP DE POUCE
Tu dois utiliser une fois chacun des adverbes.

LEA. – Sabine, fährst du heute zum Kaufhof?

SABINE. – Wieso?

LEA. – .... sind Jeans im Angebot.

Im Kaufhof.

DIE VERKÄUFERIN. – .... finden Sie keine billigen Jeans mehr. Sie müssen zum Kaufhof an der Börse.

SABINE. – Wie komme ich ....?

DIE VERKÄUFERIN. – Das ist ziemlich weit (*assez loin*). Bis .... fahren Sie lieber mit der U-Bahn.

SCORE ..../4

5 **Décris la maison de Luisa en employant des adverbes de lieu.**

COUP DE POUCE
• la piscine : *der Swimmingpool*
• le garage : *die Garage*
• la niche : *die Hundehütte*

....
....
....
....
....
....
....
....
....

INFO
Utilise les expressions ... *sieht man*... et ... *befindet sich*... (se trouve).

SCORE ..../10

Corrigés p. 15

TOTAL ..../ 30

LA PHRASE

26 L'expression du temps

L'indication du moment

- L'indication précise du temps répond à la question *wann*. On utilise :
  - la préposition ***um*** pour indiquer l'heure ;
    *Wann stehst du auf? – **Um** sieben Uhr.*
  - la préposition ***an*** **+ datif** pour indiquer un jour ou un moment du jour ;
    *Wann kommst du? **Am** Sonntag.*
  - la préposition ***zu*** **ou** ***zu*** **+ datif** pour les noms de fêtes ou dans certaines expressions ;
    ***Zu** Weihnachten fahren wir in die Alpen.*
    *Armin hat **zum** ersten Mal eine Eins in Mathe.*
  - la préposition ***in*** **+ datif** pour la plupart des repères temporels ;
    *In Frankreich fängt die Schule immer **im** September an.*
    ***Im** Jahre 2006 fand die Fußballweltmeisterschaft in Deutschland statt.*
  - les prépositions ***vor*** et ***nach*** **+ datif** pour exprimer un temps antérieur ou ultérieur ;
    ***Nach** dem Abendbrot dürfen die Kinder fernsehen.*
  - le groupe nominal à l'accusatif.
    ***Nächste Woche** hat Sarah Geburtstag.*

★ 1 À chaque question numérotée, associe la lettre correspondant à la réponse.

1. Wann gewann Deutschland zum ersten Mal die Fußballweltmeisterschaft? •	• a. am dreizehnten August neunzehnhunderteinundsechzig
2. Wann bringt der Nikolaus den Kindern Geschenke? •	• b. im Jahre neunzehnhundertvierundfünfzig
3. Wann ist der deutsche Nationalfeiertag, „der Tag der Einheit"? •	• c. zu Silvester
4. Wann darf man in Deutschland Feuerwerk machen? •	• d. am sechsten Dezember
5. Wann wurde die Berliner Mauer gebaut? •	• e. am dritten Oktober

COUP DE POUCE
Pour dater un événement, on utilise la préposition *an* suivie du datif.

SCORE ..../5

★ 2 *In; an / am; um; zu / zum?* Complète les phrases.

1. Die Schüler in Deutschland haben .... Mittwoch Schule und .... Nachmittag frei.
2. In Deutschland wird oft schon .... 18 Uhr Abendbrot gegessen.
3. – Was machst du .... den Sommerferien?
4. – Du hörst mir nicht zu! Ich habe es dir schon .... dritten Mal erzählt.
5. Anita kommt .... vierzehn Tagen aus den Ferien zurück.

COUP DE POUCE
In est utilisé deux fois.

SCORE ..../6

L'indication de la durée

- L'indication de la durée répond à la question ***wie lange*** (combien de temps). On trouve :
  - un groupe nominal à l'accusatif ;
    Der Film ist lang, er dauert zwei Stunden.
  - la préposition ***in*** + datif.
    Sie kommen in drei Wochen wieder.
- Pour interroger sur une durée antérieure, on utilise ***seit wann*** (depuis quand). On répond par la préposition ***seit*** + datif :
  Es hat seit dem letzten Monat nicht geregnet.
- Pour interroger sur une durée ultérieure, on utilise ***bis wann*** (jusqu'à quand). On répond par :
  - la préposition ***bis*** + accusatif ;
    Bis nächste Woche!
  - par les prépositions ***von ... bis zu ...*** + datif.
    Das Theaterstück wird vom ersten März bis zum dritten April gespielt.

3 **À l'agence de voyage. Complète le dialogue suivant avec des indications de temps et des prépositions si nécessaire.**

DER REISEBÜROANGESTELLTE. – .... möchten Sie fahren?

DER KUNDE. – Am dreißigsten Juli.

DER REISEBÜROANGESTELLTE. – .... wollen Sie bleiben?

DER KUNDE. – Drei Wochen.

DER REISEBÜROANGESTELLTE. – Das heißt .... dreißigsten Juli .... zwanzigsten August.

DER KUNDE. – Ja genau.

DER REISEBÜROANGESTELLTE. – Das kostet fünfhundert Euro.

DER KUNDE. – Wie bitte?

DER REISEBÜROANGESTELLTE. – .... einem Monat ist es billiger.

DER KUNDE. – Da kann ich leider nicht.

SCORE .... /5

INFO
- *der Reisebüroangestellte:* l'employé de l'agence de voyage
- *der Kunde:* le client

4 ***Wann* ou *wie lange* ? Complète.**

1. .... möchtest du ins Kino gehen? – Am Samstag.
2. .... beginnt der Film? – Um 16 Uhr.
3. .... dauern die Sommerferien in Deutschland? – Sechs Wochen.
4. .... fiel die Berliner Mauer? – Am 9. November 1989.

SCORE .... /4

ATTENTION
Observe la réponse pour savoir s'il s'agit d'une durée ou d'une indication d'un moment précis.

Corrigés p. 15-16

TOTAL .... / 20

LA PHRASE

27 Les propositions subordonnées

Généralités – La subordonnée exprimant la cause

- Dans les propositions subordonnées, **le verbe conjugué** se trouve toujours en **dernière position**. La principale est séparée de la subordonnée par une virgule.

  Die Eltern fragen die Kinder, wo sie heute Nachmittag ***waren****.*
  Les parents demandent aux enfants où ils étaient cet après-midi.

- Attention, dans une subordonnée, la particule est attachée au verbe.

  Lena ist nicht da, weil sie für die Party ***ein****kauft.*
  Lena n'est pas là parce qu'elle fait les courses pour la fête.

- Si le verbe est au parfait, l'auxiliaire conjugué (***haben*** ou ***sein***) se trouve à la fin.

  Ich werde zu spät kommen, weil ich den Zug verpasst ***habe****.*
  Je vais être en retard parce que j'ai raté mon train.

- La **subordonnée exprimant la cause** est introduite par la conjonction ***weil***. Elle répond à la question ***warum***.

  Warum *kommst du nicht mit ins Kino?*
  Pourquoi tu ne viens pas avec nous au cinéma ?

  (Ich komme nicht mit), ***weil*** *ich keine Zeit habe.*
  (Je ne viens pas) parce que je n'ai pas le temps.

1 **Réponds aux questions en transformant la deuxième phrase en subordonnée introduite par *weil*.**

1. Warum konnte er nicht kommen? (Er hatte Besuch.)

....

2. Warum müssen wir uns beeilen? (Der Film fängt in 5 Minuten an.)

....

3. Warum durfte sie sich den Film nicht anschauen? (Sie ist erst 11.)

....

4. Warum haben sie geschrieben. (Sie wollen uns zu Ostern besuchen.)

....

SCORE ..../4

COUP DE POUCE
La particule est attachée au verbe dans une subordonnée. Note que le verbe *anfangen* est un verbe à particule.

Les subordonnées interrogatives

Elles complètent des verbes qui expriment une interrogation ou un doute.

- Si l'interrogation est **globale**, la subordonnée est introduite par la conjonction *ob*, si.

  Ich frage mich, ob er mitkommt. Je me demande s'il nous accompagne.

- Si l'interrogation est **partielle**, la subordonnée interrogative est introduite par le pronom interrogatif employé dans l'interrogation partielle.

  Wie *heißt dieses Mädchen?* Comment s'appelle cette fille ?
  Lea fragt, ***wie*** *dieses Mädchen heißt.* Léa demande comment s'appelle cette fille.

2 **Ton ami ne comprend pas les questions, tu les lui répètes à l'aide d'une subordonnée.**

1. Frau Karnick fragt: „Möchtest du noch Limo?"

....

2. Herr Karnick fragt: „Stehst du auch um 8 Uhr auf?"

....

3. Constanze fragt: „Hast du den Film *Sophie Scholl* gesehen?"

....

4. Frau Karnick fragt : „Brauchst du ein Wörterbuch?"

....

5. Die Schüler fragen die Lehrerin : „Wann fangen die Weihnachtsferien an?"

....

SCORE ..../5

COUP DE POUCE
Pense à la ponctuation, tu passes du discours direct au discours indirect.

La subordonnée complétive en *dass*

- La subordonnée complétive en *dass* est souvent complément d'un verbe comme ***sagen, antworten, glauben, denken, wissen***...

Ich glaube, ***dass er nicht kommen will****.* Je crois qu'il ne veut pas venir.

3 **Complète par *dass* ou *ob* selon le sens de la phrase.**

1. Ich glaube nicht, ... Frau Sommer die Klassenarbeiten schon korrigiert hat.
2. Frag Jürgen, ... er auf die Party kommen will.
3. Ich weiß nicht, ... er krank ist.
4. Rainer hat geantwortet, ... er zu Weihnachten nicht zu uns kommen kann.

SCORE ..../4

COUP DE POUCE
Dans la phrase 3, la négation *nicht* indique qu'il s'agit d'une subordonnée interrogative.

La subordonnée exprimant l'hypothèse

- Pour formuler une **hypothèse**, on utilise la subordonnée introduite par *wenn*.

Wenn *du willst, gehen wir ins Kino.* Si tu veux nous irons au cinéma.

Selon le contexte, *wenn* a un sens conditonnel (« si »), ou temporel (« lorsque »).

4 **Réécris les phrases en transformant la première en subordonnée introduite par *wenn*.**

1. Das Wetter ist schön. Mira geht ins Freibad.

....

2. Es regnet. Marcel bleibt zu Hause.

....

3. Anne hat das Abitur. Sie will Kunst studieren.

....

SCORE ..../3

ATTENTION
La subordonnée en début de phrase fonctionne comme un élément en première position, le verbe de la principale reste à la deuxième place.

Corrigés p. 16

TOTAL ..../ 16

Lexique des exercices

A

Abend, *m.* (-e) : soir
Abendbrot, *n.* (-e) : repas du soir
ab/fahren (u-a / ä) : partir
ab/holen : aller chercher
Abitur, *n.* : baccalauréat
ab/schicken : envoyer
alle : tous
allein : seul
alles : tout
alt : vieux
sich amüsieren : s'amuser
andere (r, s) : autre
Angebot, *n.* (-e) : offre
Angst, *f.* (-e) : peur
ängstlich : craintif
sich etw. an/hören : écouter qqch.
an/rufen (ie-u) : appeler qqn au téléphone
sich etw. an/sehen (a-e / ie) : regarder qqch.
Antwort, *f.* (-en) : réponse
(sich) an/ziehen (o-o) : s'habiller, mettre (un vêtement)
Apfelkuchen, *m.* (-) : gâteau aux pommes
Ärger, *m.* : contrariété
ärgerlich : embêtant
auf einmal : soudain
Aufgabe, *f.* (-n) : devoir
auf/halten : tenir ouvert
auf/hören : cesser
auf/laden (u-a / ä) : recharger
auf/machen : ouvrir
auf/passen : faire attention
auf/räumen : ranger
sich auf/regen : s'énerver
aus/leihen (ie-ie) : emprunter
aus/machen : éteindre
aus sein : être terminé
aus/steigen (ie-ie) : descendre
Austauschschüler, *m.* (-) : correspondant

B

Backpulver, *n.* (-) : levure
Bäcker, *m.* (-) : boulanger
baden : se baigner
Bahnhof, *m.* (¨-e) : gare
bald : bientôt
Ball, *m.* (¨-e) : ballon
Balletttänzer, *m.* (-) : danseur de ballet
Band, *f.* (-s) : groupe (de musique)
Bauernhof, *m.* (¨-e) : ferme
befreundet sein : être ami
begleiten : accompagner
Bekanntschaft machen : faire connaissance
bekommen (a-o) : recevoir
Beruf, *m.* (-e) : métier
berühmt : célèbre
Bescheid sagen : informer
besichtigen : visiter
besonders : particulièrement
bestimmt : sûrement
Besuch *m.* (-e) : visite
besuchen : rendre visite
betreuen : s'occuper
Bett, *n.* (-en) : lit
sich bewerben (a-o / i) : se porter candidat
blau : bleu
bleiben (ie-ie) : rester
Blume, *f.* (-n) : fleur
borgen : prêter
böse : fâché
brandneu : flambant neuf
brauchen : avoir besoin de
Brief, *m.* (-e) : lettre
Brieffreund, *m.* (-e) : correspondant
Briefträger, *m.* (-) : facteur
Brille, *f.* : lunettes
bringen (a-a) : apporter
Brot, *n.* (-e) : le pain
Bruder, *m.* (¨-) : frère
Bundespräsident, *m.* (-en) : président de la République fédérale
Bushaltestelle, *f.* (-n) : arrêt de bus
Butter, *f.* : beurre

C, D

Chemielehrer, *m.* (-) : professeur de chimie
Chor, *m.* (¨-e) : chorale
Comic, *m.* (-s) : bande dessinée
Computer, *m.* (-) : ordinateur
dabei : avec soi
da drüben : là-bas
damals : autrefois
danach : ensuite
danken (+ dat.) : remercier
Datum, *n.* (-en) : date
dauern : durer
decken : mettre (la table)
denken (dachte, gedacht) : penser
deshalb : c'est pourquoi
dick : gros
Digitalkamera, *f.* (-s) : appareil photo numérique
Direktor, *m.* (-en) : directeur
Discman, *m.* (-men) : baladeur
Disko, *f.* (-s) : discothèque
doch : pourtant, donc
Dom, *m.* (-e) : cathédrale
Drache, *m.* (-n) : dragon
draußen : dehors
dritte (der, die, das) : le, la troisième
Durst, *m.* : soif
duschen : se doucher

E

ein bisschen : un peu
einfach : simple, simplement
Einkauf, *m.* (¨-e) : achat
einmal : une fois
ein/packen : mettre dans une valise ou un sac
Einwohner, *m.* (-) : habitant
einzig : unique
Eisdiele, *f.* (-n) : café glacier
Eltern, *plur.* : parents
empfangen (i-a / ä) : recevoir
endlich : enfin

(sich) entschuldigen : (s')excuser
Erdbeer-Eis, *n.* : glace à la fraise
erklären : expliquer
erst : seulement
erzählen : raconter

F

Fahne, *f.* (-n) : drapeau
fahren (u-a/ä) : aller (en voiture)
Fahrkarte, *f.* (-n) : billet, ticket
Fahrrad, *n.* (¨-er) : vélo
Farbe, *f.* (-n) : couleur
fehlen : manquer
feiern : fêter
Fels, *m.* (-en) : rocher
Fenster, *n.* (-) : fenêtre
Ferien, *plur.* : vacances
Ferienlager, *n.* (-) : camp de vacances
Fernseher, *m.* (-) : téléviseur
fertig : prêt, fini
Feuerwerk, *n.* : feu d'artifice
finden (a-u) : trouver
Fleisch, *n.* : viande
fleißig : appliqué
Frage, *f.* (-n) : question
fragen : demander
Freibad, *n.* (¨-er) : piscine découverte
fressen (a-e/i) : manger (pour les animaux)
sich freuen : se réjouir
Freund, *m.* (-e) : ami
froh : content
früh : tôt
frühstücken : prendre le petit-déjeuner
Füller, *m.* (-) : stylo
furchtbar : terrible
Fußballplatz, *m.* (¨-e) : terrain de foot
Fußballweltmeisterschaft, *f.* (-en) : coupe du monde de football

G

Gabel, *f.* (-n) : fourchette
Gans, *f.* (¨-e) : oie
ganz : tout entier
Garten, *m.* (-¨) : jardin
Gastfamilie, *f.* (-n) : famille d'accueil
Geburt, *f.* (-en) : naissance
Geduld, *f.* : patience
gefallen (ie-a/ä) : plaire
gehören : appartenir
geizig : avare
Geld, *n.* : argent
Geldschein, *m.* (-e) : billet
Gemüse, *n.* : les légumes
genau : exactement
Geschäft, *n.* (-e) : magasin
Geschenk, *n.* (-e) : cadeau
Geschichte, *f.* (-n) : histoire
gestern : hier
Getränk, *n.* (-e) : boisson
gewinnen (a-o) : gagner
Glas, *n.* (¨-er) : verre
glauben : croire
gleich : égal, tout de suite
Gleis, *m.* (-e) : voie
Glück, *n.* : chance, bonheur
gratulieren : féliciter
Großeltern, *plur.* : grands-parents
Gruß, *m.* (¨-e) : salut
gut gelaunt : de bonne humeur

H

Haar, *n.* (-e) : cheveu
Haltestelle, *f.* (-n) : arrêt d'autobus
Handy, *n.* (-s) : téléphone portable
Hauptsache, *f.* (-n) : essentiel
Hausaufgabe, *f.* (-n) : devoir (à la maison)
Heft, *n.* (-e) : cahier
heim/gehen (i-a) : rentrer chez soi
heiraten : épouser
heiß : chaud
helfen (a-o/i) : aider
Helm, *m.* (-e) : casque
Herz, *n.* (-en) : cœur
Hexe, *f.* (-n) : sorcière
Hilfe, *f.* (-n) : aide
hitzefrei bekommen (a-o) : avoir congé à cause de la chaleur
Hochhaus, *n.* (¨-er) : bâtiment
hoffen : espérer
hoffentlich : j'espère que
hören : entendre
hübsch : joli
Hund, *m.* (-e) : chien
Hunger, *m.* : faim

J

Jacke, *f.* (-n) : veste
Jahr, *n.* (-e) : année
jede (r, s) : chaque
jetzt : maintenant
Junge, *m.* (-n) : garçon

K

Kalender, *m.* (-) : calendrier
kalt : froid
Kappe, *f.* (-n) : bonnet
Kartoffelsalat, *m.* : salade de pommes de terre
Katze, *f.* (-n) : chat
kaufen : acheter
Kaugummi, *m.* (-s) : chewing-gum
kennen (a-a) : connaître
kennen/lernen : faire la connaissance
Kerze, *f.* (-n) : bougie
Kind, *n.* (-er) : enfant
Kino, *n.* : cinéma
Klamotten, *plur.* : fringues
klappen : marcher, réussir
klar : bien sûr
Klassenarbeit, *f.* (-en) : contrôle
Klassenfahrt, *f.* (-en) : voyage scolaire
Klavier, *n.* (-e) : piano
Kleid, *n.* (-er) : robe, vêtement
klein : petit
Kleingeld, *n.* : monnaie
klopfen : frapper

komisch : bizarre
kosten : coûter
krank : malade
kriegen : recevoir
Küche, *f.* (-n) : cuisine
Kuchen, *m.* (-) : gâteau
sich kümmern : s'occuper
Kühlschrank, *m.* (¨-e) : réfrigérateur
Kunst, *f.* (¨-e) : art

L

Land, *n.* (¨-er) : pays, campagne
lang : long
lange : longtemps
langsam : lentement
sich langweilen : s'ennuyer
langweilig : ennuyeux
Lärm, *m.* : bruit
laufen (ie-a / ä) : courir, passer
laut : bruyant, fort
Leben, *n.* : vie
Lebkuchen, *m.* (-) : pain d'épices
Lehrer, *m.* (-) : professeur
leiden (i-i) : supporter
leider : malheureusement
leise : doucement
sich leisten : s'offrir
lernen : étudier
lesen : lire
letzte (r, s) : dernier
Leute, *plur.* : gens
Licht, *n.* (-er) : lumière
lieb : cher, aimé
Liebling, *m.* (-e) : favori
Lied, *n.* (-er) : chanson
links : gauche
Löffel, *m.* (-): cuillère
lügen (o-o) : mentir
Lust, *f.* : envie
lustig : drôle

M

machen : faire
Mädchen, *n.* (-) : fille
Märchen, *n.* (-) : conte
Mal, *n.* (-e) : fois
Mantel, *m.* (¨-) : manteau
Meer, *n.* (-e) : mer
Mehl, *n.* : farine
Messer, *n.* (-) : couteau
Milch, *f.* : lait
mit/nehmen (a-o / i) : emporter, emmener
mit/spielen : participer au jeu
Mofa, *n.* (-s) : mobylette
Monat, *m.* (-e) : mois
morgen : demain
Motorrad, *n.* (¨-er) : moto
Mountainbike, *n.* (-s) : VTT
Mozartkugel , f. (-n) : chocolat
müde : fatigué
Museum, *n.* (Museen) : musée
Müsliriegel, *m.* (-) : barre de céréales
mutig : courageux

N

Nachbar, *m.* (-en) : voisin
Nachmittag, *m.* (-e) : après-midi
nächster, nächste, nächstes : prochain(e)
nämlich : en effet
nass : mouillé
Nationalfeiertag, *m.* (-e) : fête nationale
natürlich : naturellement
nehmen (a-o / i) : prendre
nett : gentil
neu : nouveau
noch : encore
nötig : nécessaire

O, P

Obst, *n.* : fruits
öffnen : ouvrir
Oma, *f.* (-s) : mamie
Orangensaft, *m.* : jus d'orange
Pappteller, *m.* (-) : assiette en carton
parken : stationner
Parkwächter, *m.* (-) : gardien de parking
passen : être assorti
Plastikbecher, *m.* (-) : gobelet
Platz, *m.* (¨-e) : place
plötzlich : soudain
Praktikum, *n.* (a) : stage

R

Rad fahren (u-a / ä) : faire du vélo
rechnen : calculer
Regenschirm, *m.* (-e) : parapluie
regnen : pleuvoir
reich : riche
Reise, *f.* (-n) : voyage
Roller, *m.* (-) : scooter
rot : rouge
rufen (ie-u) : appeler
ruhig : calme

S

Sache, *f.* (-n) : affaire
Sängerin, *f.* (-nen) : chanteuse
sammeln : collectionner
satt : rassasié
Schal, *m.* (-e) : foulard, écharpe
Schauspielerin, *f.* (-nen) : comédienne
Schein, *m.* (-e) : billet
schenken : offrir
schicken : envoyer
Schirm, *m.* (-e) : protection
schlafen (ie-a / ä) : dormir
schlank : svelte
schlecht gelaunt : de mauvaise humeur
schließen (o-o) : fermer
schmecken : être bon
schon : déjà
schreiben (ie-ie) : écrire
Schreibtisch, *m.* (-e) : bureau (meuble)
Schriftsteller, *m.* (-) : écrivain
Schuh, *m.* (-e) : chaussure
Schule, *f.* (-n) : école
Schüler, *m.* (-) : élève
Schulfeier, *f.* : fête de l'école
Schulstunde, *f.* (-n) : heure de cours

schwarz : noir
Schwert, *n.* (-er) : épée
Schwester, *f.* (-n) : sœur
Schwimmbad, *n.* (¨-er) : piscine
schwimmen (a-o) : nager
segeln : faire de la voile
sehen (a-e / ie) : voir
Seite, *f.* (-n) : côté, page
(sich) setzen : (s')asseoir
singen (a-u) : chanter
Skateboard, *n.* (-s) : planche à roulettes
Sommer, *m.* (-) : été
Sonnenschirm, *m.* (-e) : parasol
sonst : sinon
Sorge, *f.* (-n) : souci
spannend : palpitant
spät : tard
spazieren / gehen : se promener
spielen : jouer
sprechen (a-o / i) : parler
Stadtbummel, *m.* : balade en ville
stehen (a-a) : être debout
steigen (ie-ie) : monter
stellen : mettre, poser
still : silencieux
Strand, *m.* (¨-e) : plage
Straße, *f.* (-n) : rue
Streifen, *m.* (-) : rayure
Stück, *n.* (-e) : morceau
Stuhl, *m.* (¨-e) : chaise
suchen : chercher

T

Tafel, *f.* (-n) : tableau (à l'école)
Tag, *m.* (-e) : jour
Tagebuch, *n.* (¨-er) : journal intime
tanzen : danser
Tasche, *f.* (-n) : poche, sac
Taschengeld, *n.* : argent de poche
Tee, *m.* : thé
Telefonnummer, *f* (-n) : numéro de téléphone
Teller, *m.* (-) : assiette
Tennisschläger, *m.* (-) : raquette de tennis
teuer : cher
Tier, *n.* (-e) : animal
Tierarzt, *m.* (¨-e) : vétérinaire
Tip(p), *m.* (-s) : tuyau, conseil
Tisch, *m.* (-e) : table
toll : fantastique
töten : tuer
tragen (u-a / ä) : porter
traurig : triste
treffen (a-o / i) : rencontrer
trinken (a-u) : boire
trotzdem : malgré tout
Türkei, *f.* : Turquie
Turm, *m.* (¨-e) : tour

U

U-Bahn, *f.* (-en) : métro
übernachten : passer la nuit
Uhr, *f.* (-en) : heure, montre
unmöglich : impossible
unzufrieden : insatisfait

V

verbringen (a-a) : passer
verdienen : gagner (de l'argent)
vergessen (a-e / i) : oublier
verkaufen : vendre
Verkäuferin, *f.* (-nen) : vendeuse
verliebt (in + acc.) : amoureux de
vermissen : regretter l'absence de
vernünftig : raisonnable
verrückt : fou
verstehen (a-a) : comprendre
verwirrt : troublé
Videospiel, *n.* (-e) : jeu vidéo
vielleicht : peut-être
vor/bereiten : préparer
vor/haben : avoir l'intention de

W

Wagen, *m.* (-) : voiture, wagon
Wahrheit, *f.* (-en) : vérité
warm : chaud
Wasser, *n.* : eau
weg/gehen (i-a) : s'en aller
Weihnachten : Noël
weiß : blanc
weit : loin
Wetter, *n.* (-) : temps (météo)
wieder : à nouveau
wiederholen : répéter
wirklich : vraiment
Woche, *f.* (-n) : semaine
wohnen : habiter
Wörterbuch, *n.* (¨-er) : dictionnaire
sich wundern : s'étonner
wunderschön : merveilleux
wünschen : souhaiter
Wurst, *f.* (¨-e) : saucisse, charcuterie
wütend : furieux

Z

zahlen : payer
Zahn, *m.* (¨-e) : dent
Zahnbürste, *f.* (¨-n) : brosse à dents
Zahnschmerz, *n.* (-en) : mal de dents
zeigen : montrer
Zeugnis, *n.* (-sse) : bulletin
ziemlich : plutôt
Zimmer, *n.* (-) : chambre
Zucker, *m.* : sucre
zu Fuß : à pied
Zug, *m.* (¨-e) : train
zu/hören : écouter
zu/machen : fermer
zurück/fahren (u-a / ä) : revenir
zusammen : ensemble

Liste des verbes forts

Le symbole * signale que le participe II s'emploie avec *sein* au parfait.

	INFINITIF	PRÉTÉRIT	PARTICIPE II	PRÉSENT	SENS
B	beginnen	begann	begonnen		*commencer*
	bieten	bot	geboten		*offrir*
	bitten	bat	gebeten		*prier, demander*
	bleiben	blieb	geblieben*		*rester*
	brechen	brach	gebrochen		*briser*
E–F	essen	aß	gegessen	isst	*manger*
	fahren	fuhr	gefahren*	fährt	*aller (en voiture)*
	fallen	fiel	gefallen*	fällt	*tomber*
	fangen	fing	gefangen	fängt	*attraper*
	finden	fand	gefunden		*trouver*
	fliegen	flog	geflogen*		*voler, aller (en avion)*
G	geben	gab	gegeben	gibt	*donner*
	gefallen	gefiel	gefallen	gefällt	*plaire*
	gehen	ging	gegangen*		*aller (à pied)*
	gewinnen	gewann	gewonnen		*gagner*
H	halten	hielt	gehalten	hält	*tenir, s'arrêter*
	hängen	hing	gehangen	hängt	*être accroché*
	heißen	hieß	geheißen		*s'appeler*
	helfen	half	geholfen	hilft	*aider*
K	kommen	kam	gekommen*		*venir*
L	laden	lud	geladen	lädt	*charger*
	lassen	ließ	gelassen	lässt	*laisser*
	laufen	lief	gelaufen*	läuft	*courir*
	lesen	las	gelesen	liest	*lire*
	liegen	lag	gelegen		*être couché*